ECKART ZUR NIEDEN
DAS KRIPPENSPIEL

Eckart zur Nieden

DAS KRIPPENSPIEL

francke

Über den Autor:
Eckart zur Nieden arbeitete nach seiner theologischen Ausbildung in einem Missionswerk und dann 35 Jahre beim Evangeliums-Rundfunk (ERF) in Wetzlar. Er schrieb viele Bücher für Kinder und Erwachsene.

Bibliografische Information der Deutschen Nationalbibliothek
Die Deutsche Nationalbibliothek verzeichnet diese Publikation in der Deutschen Nationalbibliografie; detaillierte bibliografische Daten sind im Internet über http://dnb.dnb.de abrufbar.

ISBN 978-3-96362-014-0

35037 Marburg an der Lahn
Umschlagbilder: © iStockphoto.com / diegograndi
Umschlaggestaltung: Verlag der Francke-Buchhandlung GmbH / Christian Heinritz
Satz: Verlag der Francke-Buchhandlung GmbH
Printed in Czech Republic

www.francke-buch.de

KAPITEL 1

Es war im Herbst, Ende September oder Anfang Oktober, als die Geschichte ihren Anfang nahm.

Ich hatte beim Sägewerk mit unserem LKW Balken geholt und fuhr auf den Hof unserer Zimmermannswerkstatt, doch merkwürdigerweise arbeitete dort niemand oder wartete darauf, die Balken mit mir zusammen abzuladen.

Ich hielt den Wagen an und stieg aus.

Dann sah ich sie. Alle. Alle – das heißt: meinen Vater Georg in seinem Rollstuhl, meine Frau Tina mit unserer Tochter Klara und meine zwei Mitarbeiter, Herkules und Sokrates.

Die beiden heißen natürlich nicht wirklich so. Aber Tina nennt sie immer so, weil Karl so groß und stark ist wie Herkules und Thomas so schlau wie Sokrates. Wobei ich allerdings vermute, dass die Vergleiche nicht ganz passen, denn Herkules war ja nicht nur stark, sondern auch listig. Und List oder Schläue ist so ziemlich das Letzte, was man mit Karl in Verbindung bringt. Allerdings ist das mit der Kraft durchaus zutreffend, denn Karl trägt einen Balken alleine, den sonst zwei Mann heben müssen. Darum freue ich mich, dass ich ihn habe.

Und Thomas ist natürlich auch kein echter Philosoph wie der alte Sokrates. Obwohl er zum Grübeln und Philosophieren neigt – besonders, wenn es ums Arbeiten geht. Immerhin ist er aber sehr genau und zuverlässig. Tina sagt manchmal, er sei ein Pedant. Ich würde es zwar nicht so ausdrücken, aber es kommt durchaus vor, dass er mit seiner Umständlichkeit nervt.

Die fünf standen also alle in einer Reihe auf dem Hof und kehrten mir den Rücken zu.

Was gab es denn da so Spannendes zu sehen? Das alte Haus, in dem früher oben meine Eltern und Großeltern gewohnt hatten, konnte es ja nicht sein. Die Räume standen jetzt leer, nur im Erdgeschoss und im ersten Stock hatten wir Material gelagert.

Dann sah ich es: Oben im zweiten Stock war das kleine Toilettenfenster offen und heraus guckte mein Sohn Philipp, vier Jahre alt. Er weinte.

„Was ist denn hier los?“, fragte ich, als ich neben den anderen stand.

„Philipp ist da oben“, antwortete Tina.

„Das sehe ich. Und?“

„Er kann nicht raus. Er hat sich im Klo eingeschlossen. Unfreiwillig. Ich war schon oben und habe ihm durch die geschlossene Tür zu erklären versucht, was er machen muss, um die Tür wieder aufzukriegen, aber er begreift es anscheinend nicht. Oder … er kriegt es jedenfalls nicht hin."

„Wieso ist er überhaupt da oben? Wenn er mal muss, gibt es doch hier unten einfachere Möglichkeiten."

Als Tina nicht antwortete, sagte mein Vater: „Das ist eine längere Geschichte. Die können wir später erzählen. Jetzt sollten wir erst einmal zusehen, dass wir ihn da rausholen."

Inzwischen hatte Herkules eine lange Leiter gebracht. Sokrates half ihm, sie an die Hauswand zu lehnen und wollte nun hinaufsteigen.

„Moment!", hielt ich ihn zurück. „Das ist meine Aufgabe. Ich bin schließlich der Vater von diesem Bengel."

Sokrates alias Thomas machte bereitwillig Platz und ich begann die Sprossen hinaufzusteigen.

„Sei vorsichtig!", rief Tina mir zu. Diese Bemerkung schien mir keines Kommentars würdig zu sein. Glaubte sie etwa, ich würde unvorsichtig auf der Leiter herumturnen? Oder gar Philipp fallen lassen?

Mein Vater überlegte laut: „Vielleicht sollten wir doch lieber die Tür aufbrechen! Sie wäre sowieso kein großer Verlust, weil keiner mehr da oben wohnt."

Aber auch zu diesem Vorschlag sagte ich nichts, sondern stieg einfach weiter. Er hatte zwar nicht ganz unrecht, aber wie sähe das denn aus, wenn ich mich jetzt, auf halber Strecke, anders besinnen und wieder herunterklettern würde! Als ob ich Angst hätte. Ich, der Zimmermann, der sein halbes Leben auf Leitern und Balken in luftiger Höhe zugebracht hat!

Oben angekommen, redete ich beruhigend auf Philipp ein. „Keine Angst, mein Junge, ich hole dich da raus! Ich kann nicht zu dir reinkommen, dafür ist das Fenster zu klein. Aber du kannst rauskrabbeln und ich nehme dich hier in Empfang. Das klappt schon, du wirst sehen! Keine Angst, du fällst nicht, ich halte dich!“

Philipp stieß zwischen herzerweichenden Schluchzern hervor: „Ich hab … hab doch … keine Angst, dass ich … dass ich runterfalle. Nur, dass ihr mir böse seid.“

Ach ja, die Vorgeschichte, die ich noch nicht kannte, aber später erfahren sollte.

„Moment!“, hörte ich hinter mir jemanden rufen. Sokrates war mir nachgeklettert und brachte die Gurte, mit denen wir uns auf den Dächern in gefährlichen Situationen sichern.

„Danke, Thomas!“ Ich legte den Gurt an und befestigte das dafür vorgesehene Stück an der Leiter. „So, und jetzt wieder runter mit dir! Es müssen ja nicht drei Personen auf der Leiter stehen.“

Sokrates stieg hinab und teilte sich anschließend mit seinem Kollegen die Aufgabe, unten im Hof den Stand der Leiter zu sichern.

Ich schlug auch einen Gurt um Philipp, der mit dem Schluchzen aufgehört hatte und nun an der Aktion Gefallen zu finden schien. Ich zog ihn aus der engen Fensteröffnung und nahm ihn auf den Arm.

„Halte dich gut an mir fest!"

Gemeinsam stiegen wir hinunter.

Unten angekommen, riss Tina mir den Jungen buchstäblich aus dem Arm – jedoch ohne die Sicherungsverbindung zwischen uns zu lösen, sodass ich notgedrungen auch in ihre Arme stürzte. Sokrates eilte uns zu Hilfe und befreite uns.

„Philipp, mein Liebling! Wie gut, dass ich dich wiederhabe! Was machst du denn auch für Dummheiten! Dass du so was nie wieder machst, hörst du!"

Der Junge hielt es wohl instinktiv in dieser Situation für angebracht, noch einmal in lautes Weinen auszubrechen – in dem unbestimmten Gefühl, dass ihm Weinen unser Mitleid einbrachte und dies wiederum eine eventuelle Strafe milder ausfallen ließ.

„So", sagte ich energisch, „jetzt möchte ich aber die Vorgeschichte hören!"

„Gehen wir rein", schlug Tina vor.

„Und ihr beide ladet den LKW ab!“, wies ich meine Mitarbeiter an.

Sogleich machten sich Herkules und Sokrates ans Werk, Papa rollte zu seiner Wohnung und ich ging mit meiner Frau und den zwei Kindern in unser trautes Heim.

Dann saßen Tina, Klara, Philipp und ich am Tisch.

„Jetzt erzähl du mal Papa, was war!“, sagte Tina zu ihrem Sohn.

„Erzähl du!“, bat der.

„Nein, du!“

Philipp rutschte nervös auf seinem Stuhl herum. „Ich hab eine Kerze angemacht“, sagte er schließlich.

Damit schien sein Bericht abgeschlossen zu sein, denn nun schwieg er.

„Ja, und?“

„Dann bin ich damit rumgegangen.“

Klara ergänzte: „Durch die Werkstatt und das Holzlager!“

Tina sagte: „Sei du mal still, Klara! Und, Philipp? Was war dann?“

„Ich hab dazu gesungen: Ich bin der Engel Gabriel.“

Ich verkniff mir angestrengt das Lachen. Tina warf mir einen strengen Blick zu, wie um sich vom Erfolg meiner Bemühungen zu überzeugen.

„Auf einmal haben alle furchtbar geschimpft. Und da hab ich einen totalen Schreck gekriegt."

Tina fügte hinzu: „Sokrates rief laut: Was machst du denn da! Mach sofort die Kerze aus! Das lockte alle anderen herbei, auch mich und sogar Vater in seinem Rollstuhl. Alle schimpften, außer Herkules. Der lachte, dass es nur so dröhnte. Ich weiß nicht, ob Philipp sich durch das Lachen beleidigt fühlte oder durch das Geschrei der anderen erschreckt und geängstigt. Jedenfalls rannte er los, mit der Kerze in der Hand, die dabei aber glücklicherweise ausging. Er flüchtete ins Haus, wo er ja manchmal oben ganz allein spielt. Und als ich hinterherrannte, schloss er sich im Klo ein."

„Und konnte dann nicht mehr raus?"

„Ich weiß nicht, ob er den Schlüssel abgezogen hatte und ihn dann nicht mehr ins Schloss bekam, oder ob er ihn nach der verkehrten Seite gedreht hat, oder was sonst."

„Aber Philipp!", empörte ich mich pflichtschuldig. „Du kannst doch nicht mit einer brennenden Kerze rumlaufen, wo überall Holz und Hobelspäne liegen! Wie schnell kann da ein Feuer entstehen und alles verbrennt!"

„Ich hab doch gespielt, ich wäre ein Engel ..."

„Der Engel Gabriel, ich weiß. Aber das geht nicht! Stell dir vor, unsere ganze Werkstatt und das Haus dazu wären abgebrannt! Wir hätten keine Wohnung mehr! Und am Ende hätte es noch sein können, dass du auch verbrannt wärst. Es ist ja schön, wenn du einen Engel spielen willst, aber so etwas hätte der echte Engel Gabriel niemals getan!"

„Entschuldigung!", murmelte Philipp leise vor sich hin.

Tina knurrte noch leiser, sodass nur ich es verstehen konnte: „Es sei denn, der Engel Gabriel wüsste, dass unsere schlecht laufende Zimmermannswerkstatt gut versichert ist, und wollte uns etwas Gutes tun."

„Tina!", stieß ich hervor.

Klara fragte: „Was hast du gesagt, Mama?"

Ich antwortete: „Schon gut. Wenn du verstanden hättest, was sie gesagt hat, würdest du es hoffentlich doch nicht verstehen."

„Das verstehe ich nicht."

Ihre Mutter antwortete: „Ist nicht so wichtig. Ihr beide könnt jetzt gehen und draußen spielen. Aber nicht mit Feuer!"

Unsere Kinder verließen die Küche, Philipp sehr eilig, froh, so glimpflich davongekommen zu sein, und die zehnjährige Klara langsam, tief versunken in ihre Überlegungen, was ihre Eltern da wohl Geheimnisvolles besprochen hatten.

„Tina", sagte ich noch einmal, als wir allein waren. „So was wollen wir nicht einmal denken!"

„Nein, nein“, antwortete sie. „Ich will es ja auch nicht denken. Aber du kennst ja den Spruch, angeblich von Luther, den dein Vater so gern zitiert, wenn es um die schlechten Gedanken geht: Man kann nicht verhindern, dass die Vögel über unsere Köpfe fliegen, aber man kann verhindern, dass sie darauf Nester bauen.“

„Unser Betrieb! Wenn sich so etwas nicht schon aus juristischen oder gar moralischen Gründen verbieten würde, dann wenigstens darum, weil er schon seit drei Generationen im Familienbesitz ist. Die Werkstatt gehört sozusagen zu uns. Zimmermann und Kepler – das gehört einfach zusammen!“

Tina nickte nur schweigend.

Schon mein Großvater hatte die Werkstatt gegründet. Dann hatte mein Vater sie übernommen, bis er die Arbeit wegen seines kaputten Rückens nicht mehr fortführen konnte.

Von Angehörigen der früheren Generation wurde erzählt, dass mein Vater nur ungern den Beruf des Zimmermanns ergriffen hatte und lieber Schriftsteller geworden wäre. Er hatte schon als Kind gern Geschichten erzählt und zum Teil auch aufgeschrieben. Einige seiner literarischen Fingerübungen, in kindlicher Handschrift festgehalten, liegen noch in einer Schublade in meinem Zimmer. Mein Vater wollte sie wegwerfen, aber ich habe sie gerettet. Von zwei Romanen, die wahrscheinlich spannend geworden wären, gab es jeweils schon eine ausführliche Inhaltsbeschreibung. Eine große Zahl von Zetteln mit Gedichten belegte seine frühe poetische Ader – lustige Verse eines dreizehn, vierzehn oder fünfzehn Jahre alten Jungen.

Doch leider wurde es nichts mit der Schriftstellerei. Außer einem ausführlichen Bericht aus den Tagen seiner Walz hat er sein Talent in späteren Jahren nicht mehr ausgelebt. Seine Aufgaben als Zimmermann ließen ihm keine Zeit dafür.

Dann war ich an der Reihe, die Werkstatt zu übernehmen, ich, Simon Kepler. Ich war gerade von der Walz zurückgekehrt. Genauso, wie es in unserem Gewerbe üblich ist, in der schwarzen Weste mit der Doppelreihe silberner Knöpfe.

Die frommen Frauen in meiner Familie, meine Oma und meine Mutter, waren zwar dagegen gewesen. „Wer weiß, in welch finstere Gesellschaft der Junge geraten kann!" Die Männer – Vater und Großvater – hatten nicht nur argumentiert, dass dies nun mal zu dem Beruf gehöre, sondern dass auch Jesus ein Zimmermann gewesen und im Land Israel umhergezogen sei. Dass seine Wanderungen in Israel eigentlich nichts mit dem Zimmermannsberuf zu tun hatten, ging in der hitzigen Debatte unter.

Jedenfalls hatten die Männer sich durchgesetzt und ich ging auf die Walz. Und war anschließend verantwortlich für unseren Betrieb. Die Großeltern und auch meine Mutter lebten inzwischen nicht mehr. Nur Vater fährt mit seinem Rollstuhl immer noch über unser Gelände und sieht überall nach dem Rechten, vor allem, wenn ich nicht da bin. Doch leider nicht nur dann.

In diesem Moment klopfte Sokrates an die Tür. Schon am Klopfen war zu erkennen, dass es Thomas war, der vor der Tür stand. Denn alle anderen, einschließlich Herkules, pflegten in die Küche zu kommen ohne anzuklopfen.

„Chef, das Auto ist abgeladen. Ich hab's schon wieder nach hinten gefahren. Sollen wir die Leiter wieder wegbringen? Sie lehnt noch an der Hauswand."

„Ja, natürlich!"

„Ich dachte nur, du wolltest noch mal rauf."

„Ich? Noch mal die Leiter rauf? Wieso das denn? Der Junge ist doch glücklich gerettet."

„Um die Klotür von innen aufzuschließen. Sonst müssen wir sie doch noch aufbrechen und dann wäre die ganze Rettungsaktion umsonst gewesen."

„Ach so. Ja, du hast recht. Hm. Aber ich passe nicht durch das Fenster. Das ist viel zu schmal. Du auch nicht und Karl erst recht nicht."

Tina mischte sich ein: „Brecht die Tür auf! Die alte Toilette da oben benutzt doch eh keiner. Und sollte mal wieder jemand in die Wohnung einziehen, müsste sowieso einiges renoviert werden."

„Sicher", überlegte ich laut, „aber Thomas hat recht. Dann wäre die ganze Sache mit der Leiter umsonst gewesen."

„War sie dann wohl auch. Aber wenn wir zu blöd waren, vorher daran zu denken, können wir unserer unsinnigen Aktion nicht nachträglich einen Sinn geben."

„Es sei denn …", meinte unser verhinderter Philosoph, der Tinas Gedankengang schneller begriffen hatte als ich, „wenn ich einen Vorschlag machen dürfte, Chef?"

„Bitte!"

„Klara könnte raufklettern. Die passt sicher durch das Fenster."

„Kommt gar nicht infrage!", empörte sich Tina. „Viel zu gefährlich!"

„Unsinn", entgegnete ich. „Ich kann ja mit ihr bis vor das Fenster steigen. Wenn wir uns sichern, so wie vorhin mit Philipp, ist das völlig gefahrlos."

Tina schwieg, was ich als Zustimmung nahm. Ich stand auf, rief Klara, und wir machten uns an die Vorbereitungen. Bald waren wieder alle – Vater, Tina, Philipp, Thomas und Karl, der die

Leiter sicherte – im Hof versammelt und sahen uns zu.

Ehe wir die ersten Sprossen nahmen, murmelte Sokrates mir leise zu: „Das ändert natürlich auch nichts daran, dass wir vorhin blöd … also, unüberlegt gehandelt haben. Denn wir hätten ja da schon Klara hinaufschicken können, damit sie die Tür von innen öffnet und Philipp rauslässt."

Damit hatte er wahrscheinlich auch recht, aber darüber wollte ich jetzt nicht nachdenken.

Es klappte alles reibungslos. Klara passte gerade so durch das Fenster, sie fand den Schlüssel im Schloss – anscheinend hatte Philipp ihn in seiner Aufregung nur verkehrtherum gedreht – und kam die richtige Treppe herunter.

„Danke, Klara!", sagte ich. „Man sieht, dass du die mutige Tochter einer Zimmermannsfamilie bist." Sie grinste breit, das Lob tat ihr offenbar gut.

Vater klopfte seiner Enkelin auf den Rücken, während diese von ihrer Mutter umarmt wurde. Dann fragte er: „Funktioniert eigentlich noch die Spülung in der Toilette? Da war doch so ein hoch angebrachter Wasserkasten, wie man das früher hatte, mit einer langen Kette, an der ein Porzellangriff hing."

„Natürlich ist der Spülkasten noch da. Vielleicht ist er verkalkt oder funktioniert aus anderen Gründen nicht mehr richtig“, antwortete ich. „Warum fragst du?“

„Da habe ich früher mal ein Gedicht drüber gemacht“, sagte Vater stolz. „Ich glaube, ich war damals dreizehn, oder so.“

„Wie?“, fragte Tina. „Ein Gedicht über die Klospülung?“

„Ja. Weißt du, wir hatten damals ja kein Toilettenpapier.“

„Kein Papier?“, fragte Klara erschrocken. „Aber wie habt ihr denn …?“

„Wir hatten Zeitungspapier, in Achtel oder Sechzehntel geschnitten. Das war natürlich ein guter Lesestoff, wenn man dasaß …“

„Musst du das gerade jetzt erzählen?“, fragte Tina. Manchmal schienen sie Vaters Berichte in epischer Breite aus früheren Zeiten etwas zu nerven.

„Doch, erzähl weiter, Opa!“, verlangte Klara. Und nach ihrer heldenhaften Rettungsaktion konnte dieser ihr die Bitte natürlich nicht abschlagen.

„Wenn jemand zu lange saß, weil er sich festgelesen hatte, und gewisse Gerüche durch die Ritzen der Tür nach draußen in den Flur drangen, rief meine Mutter immer: „Zieh ma!“ Vater wandte sich erklärend an Karl, der aus Süddeutschland stammt: „Das heißt: Zieh mal! Das ‚L‘ wird bei uns meist verschluckt.“

„Ich weiß", nickte Herkules.

„Und so ging das Gedicht, in dem ich damals diese Erfahrung verarbeitet habe:

Ich saß mit frierendem Popo
die Zeitung lesend auf dem Klo.
Denn dieses mach ich immer so,
denn Zeitungen gibt's da en gros.
Las vom Regierungssturz in Lima.
Ab Montag wieder warmes Klima.
Na, dacht' ich grad, das ist ja prima!
Auf einmal tönt der Ruf: „Nun zieh ma!"

Alle lachten. Am lautesten Herkules, der so laut und herzhaft lachen konnte, dass man beinahe den Eindruck gewinnen konnte, der Boden zittere wie bei einem Erdbeben. Sogar Philipp lachte, obwohl er den Auslöser unserer Heiterkeit mit Sicherheit nicht vollständig begriffen hatte. Aber wenn alle lachten, bemühte er sich immer mitzuhalten, was dann allerdings immer etwas künstlich klang.

„Wisst ihr eigentlich", sagte mein Vater zu den beiden Kindern, „dass euer Urgroßvater mit seinen Gesellen das Haus selbst gebaut hat? Sie waren gute Zimmerleute, wovon man sich heute noch überzeugen kann."

Alle blickten bewundernd zu dem Haus hinüber, dem Spielplatz des jüngsten Abenteuers.

„Den Spruch über der Tür habe ich damals selbst angebracht."

„Ach", meinte Klara, „den habe ich bisher noch gar nicht richtig bemerkt."

„Lies ihn mal!"

Die alte Schrift war zwar etwas verwittert, aber noch gut zu erkennen.

„Früher haben die Zimmerleute oft Sinnsprüche in die Balken geschnitzt. Das kannst du auch heute noch an mittelalterlichen Fachwerkhäusern sehen, Bibelverse oder Ähnliches. Das hier war eine etwas neuere Form."

Klara las laut vor, was ihr frommer und poetischer Großvater damals geschrieben hatte:

„In Christus haben wir Genüge.
So segne er nun dies Gefüge
aus Balken, Platten und Tapeten,
und alle die, die es betreten."

„So", sagte ich energisch, „jetzt aber alle wieder an die Arbeit!" Und so geschah es.

KAPITEL 2

Als ich eine gute Stunde später ins Büro kam, saß Tina mit betrübter Miene am Schreibtisch.

Sie kümmert sich um unsere Buchhaltung, schreibt Rechnungen und Angebote, macht die Steuererklärung und all den anderen Schreibkram. Schrecklich, wie viel Papierkrieg rund um die eigentliche Arbeit nötig ist! Ich bin dankbar, dass Tina dafür ein Händchen hat. Manchmal denke ich, dass im Lauf eines Jahres fast genauso viele Bäume für das viele Papier dran glauben mussten wie für die Dächer, die wir in dem Zeitraum gemacht haben.

Tina blickte auf und versuchte zu lächeln. Ich kannte diesen Gesichtsausdruck nur zu gut. Sie setzt ihn meistens auf, wenn sie eine unangenehme Wahrheit durch lockere und humorvolle Präsentation entschärfen will, so wie man eine bittere Pille durch eine Zuckerhülle erträglicher macht.

„Wir bekommen Besuch, Simon."

„Ach, von wem denn?"

„Es scheint ein Italiener zu sein. Sein Name klingt so."

„Wie heißt er denn?"

„Bankrotti oder so ähnlich."

Es dauerte einige Augenblicke, bis ich die Botschaft begriffen hatte. Ich erfuhr ja im Prinzip nichts Neues.

„Ach, du meinst den Bruder von Herrn Venz, Herrn Insol Venz?" Es liegt mir auch, schmerzliche Sachverhalte zu überzuckern. „Der hat sich zwar schon lange angekündigt, aber bisher ist er nie wirklich gekommen."

„Im Ernst, Simon …"

„Ach, der Ernst kommt auch?"

„Setz dich mal neben mich, dann zeige ich dir die Zahlen und Berechnungen. Da kann einem das Lachen im Halse stecken bleiben."

„Lass mal. Du wirst schon recht haben", murmelte ich kleinlaut. Was nicht nur mein Vertrauen in ihre buchhalterischen Fähigkeiten unter Beweis stellte, sondern, wie ich zugeben muss, auch meine Feigheit. Wenn ich unsere finanzielle Misere nicht schwarz auf weiß vor Augen hatte, ließ sich die törichte Hoffnung ein klein wenig länger aufrechterhalten, die Lage sei vielleicht doch nicht ganz so aussichtslos.

Eine Weile schwiegen wir beide. Einfach, weil wir nicht wussten, was wir sagen sollten. Sie hinter dem Schreibtisch und ich wie ein Kunde auf dem Stuhl davor saßen wir da und blickten uns an.

Nach einigen Sekunden senkte ich den Blick. Irgendwie verschämt, obwohl ich wusste, dass mir niemand einen berechtigten Vorwurf machen konnte. Aber ich selbst klagte mich an.

Schließlich murmelte ich – denn irgendetwas musste ich ja sagen: „Wir brauchen mal wieder einen Großauftrag."

„Stimmt."

„Aber woher nehmen und nicht stehlen!? Sagt man so. Aufträge kann man ja auch nicht stehlen." Ich redete einfach unzusammenhängend vor mich hin, weil das Schweigen so schmerzlich und schwer zu ertragen war. „Aber wir stehlen ja eh nicht als fromme Menschen."

„Apropos fromm ..." Tina blickte auf. „War nicht mal die Rede davon, dass das Kirchendach erneuert werden müsste?"

„Das ist schon seit Jahrzehnten im Gespräch. Aber es passiert nichts. Ich war ja damals mit vor Ort bei einer Besichtigung und Bestandsaufnahme. Alles ziemlich morsch. An einigen Stellen regnet es sogar rein, da haben sie Wannen hingestellt, die das Wasser auffangen. August Wegner, der Küster, muss die immer nach jedem Regenguss ausleeren."

„Und?"

„Aber es ist kein Geld da."

Tina überlegte: „Kannst du nicht mal zum

Pfarrer gehen und ihn auf die Gefahren hinweisen? Zum Beispiel, dass alles nur schlimmer wird und hinterher umso teurer, wenn man nichts tut! Du bist Fachmann, dir müssen sie glauben, wenn du das sagst."

„Das wissen sie vermutlich sowieso schon."

„Aber sie nehmen es vielleicht auf die leichte Schulter."

„Hm."

„Du kannst ja Vater mitnehmen. Als treuer Kirchgänger und früheres Mitglied im Kirchenvorstand findet er vielleicht noch eher Gehör."

„Mag sein. Auch wenn er nicht mehr auf den Dachboden kann, um den Schaden selbst zu begutachten."

Um es kurz zu machen: Zwei Tage später hatte ich einen Termin, den ich telefonisch mit dem Pfarrer vereinbart hatte. Der versprach, auch den Kirchmeister mitzubringen, der im Kirchenvorstand für diese Dinge zuständig war. Ich hatte außerdem versucht, meinen Vater zu überreden, mich zu begleiten, doch er wollte nicht. Natürlich hatte er durchschaut, dass es mir nicht in erster Linie um den Erhalt des Kirchgebäudes ging, sondern um den Erhalt der Firma. Das sei ein unredliches Motiv, sagte er, und daran wolle er sich nicht beteiligen.

Manchmal kann ich seine Haltung wirklich

nicht nachvollziehen. Man kann doch zwei Ziele zugleich verfolgen, solange die sich nicht entgegenstehen! Aber da ich meinen Vater seit fast vierzig Jahren kenne, wusste ich, dass ich ihn nicht würde überzeugen können.

Unser Pfarrer ist ein Mensch, der den Eindruck erweckt, er sei aus dem vorvorigen Jahrhundert – also dem neunzehnten. Er geht immer schwarz gekleidet mit weißem Beffchen durch die Stadt und redet wie in einem Buch von Goethe oder Lessing. „Wohin des Wegs?“, fragt er, wenn man ihn unterwegs trifft. Und wenn er sich verabschiedet, sagt er: „Gehaben Sie sich wohl!“

Zweifellos ist er ein frommer Mann, aber er scheint in einer anderen Welt zu leben. Damit hängt es wohl auch zusammen, dass ich nicht so ein treuer Gottesdienstbesucher wie mein Vater bin. Die Predigten wirken immer etwas abgehoben und man muss lange überlegen, was das Gesagte mit dem Alltag zu tun haben könnte. Manchmal findet man überhaupt keinen Bezug. Und manchmal denkt man so lange darüber nach, dass, wenn man endlich eine Antwort gefunden hat, die Predigt schon fast zu Ende ist. Neulich dachte ich mal im Gottesdienst: Diese Predigt ist wie ein Dachgebälk, das wir bei uns auf dem Hof probeweise zusammengesetzt haben. Doch es ist erst fertig und erfüllt seinen Zweck, wenn es auf den Mauern des Hauses steht und fertig gedeckt ist.

Der Termin in der Kirche war vormittags um zehn.

„Gott zum Gruß!", sagte der Pfarrer, als er mir die Tür öffnete. Da ich nicht wusste, wie ich darauf stilgerecht antworten sollte, sagte ich nur schlicht „Guten Tag".

Herr Schneider, der Kirchmeister, war auch schon da, und wir begrüßten uns mit Handschlag. Anschließend setzten wir uns in Dreiecksformation um ein Tischchen, und nach kurzem Zögern begann der Pfarrer:

„Lieber Herr Kepler, ich gehe doch sicher nicht fehl in der Annahme, dass unser bedauernswertes Kirchendach der Grund Ihres Besuches ist? Herr Schneider war ebenfalls dieser Meinung, weil Sie doch schon bei der Bestandsaufnahme dabei waren."

„Nein."

„Nein? Sie sind nicht wegen des Daches gekommen?"

„Doch. Aber nein, Sie gehen nicht fehl in der Annahme."

„Ach so, ja."

Jetzt ergriff Herr Schneider das Wort. „Sie sagen uns nichts Neues, Herr Kepler, wenn Sie uns auf die Baufälligkeit des Daches hinweisen. Uns ist das Problem durchaus bewusst. Sehr bewusst! Es ist inzwischen sogar so weit, dass eine Zwangsschließung der Kirche drohend im Raum steht."

„Aber – ich ahne es: Sie haben kein Geld."

„Richtig. Wir haben schon mehrere Anträge an die Kirchenverwaltung gestellt. Vergeblich. Wir würden von dieser Stelle wahrscheinlich einen Zuschuss erhalten, aber nur, wenn der größte Teil der Kosten von der eigenen Gemeinde aufgebracht wird. Und da sehe ich nicht, woher das Geld kommen könnte."

Alle schwiegen betreten.

Endlich sagte der Pfarrer: „Während der Winterzeit finden die Gottesdienste sowieso im Gemeindehaus statt. Um Heizkosten zu sparen. Aber wenn wir das geweihte Haus des Herrn gar nicht mehr nutzen könnten – was für ein schlechtes Zeugnis wäre das für seine Sache!"

„Nun ja", versuchte Herr Schneider die Stimmung seines Gemeindehirten etwas zu heben, „auch wenn der Gottesdienst in der Kirche stattfindet, kommen nicht mehr Leute zu Besuch als im Gemeindehaus. Meistens sind etwa siebenundneunzig bis achtundneunzig Prozent der Plätze in unserer großen Kirche unbesetzt."

„Gibt es denn nicht wenigstens einen finanziellen Grundstock?", fragte ich.

„Nein, keinen Pfennig!", antwortete der Pfarrer.

„Keinen Cent!“, korrigierte Herr Schneider. „Und natürlich haben wir auch schon an eine spezielle Sammlung gedacht. Aber bis dadurch die erforderliche Summe zusammenkommt … Was schätzen Sie denn, Herr Kepler, was die Reparatur kosten würde?“

„Nun, zweihunderttausend sicher. Vielleicht noch mehr.“

„Das deckt sich mit den Aussagen anderer Fachleute.“

„Und wenn man erst mal mit dem vorderen Teil anfängt? Allerdings würde so ein Stückwerk die ganze Sache noch verteuern. Die Kirche ist einfach zu groß. Aber schließlich spielt sie eine wichtige Rolle in der Geschichte unserer Stadt.“

„Mein lieber Herr Kepler“, sagte der Kirchmeister lächelnd, „Sie sind ein Schlitzohr!“

Der Pfarrer zuckte bei diesen Worten zusammen und beeilte sich zu betonen: „Herr Schneider meint es natürlich nicht so, also nicht … äh … nicht im negativen Sinn.“

Ich lächelte ebenfalls. „Ich weiß, wie er es meint.“

„Ach ja?“, fragte Schneider. „Wie denn?“

„Sie wollen sagen, dass ich nur deshalb auf die Erneuerung des Kirchendachs dränge, weil ich den Auftrag dafür bekommen will. Und dass ich meine wahre Motivation hinter anderen Gründen verstecken wollte. Und wissen Sie was – Sie haben recht! Ich würde gern die Zimmermannsarbeiten übernehmen."

„Schön, dass Sie so ehrlich sind", erwiderte Herr Schneider. „Dann will ich auch ehrlich sein und Ihnen sagen, dass, falls das Dach neu gemacht würde, Sie durchaus nicht automatisch den Auftrag bekämen. Wir müssen das Projekt öffentlich ausschreiben und den billigsten Anbieter nehmen. Das schreibt uns die Kirchenverwaltung so vor."

Natürlich hatte ich daran auch schon gedacht, aber den Gedanken wieder verdrängt. Darum trafen mich seine Worte umso härter.

„Nun" – ich bemühte mich, einen gelassenen Eindruck zu machen – „ich kann als Handwerker vor Ort mit kurzen Wegen und guter Kenntnis der Lage sicher ein Angebot machen, das sich sehen lassen kann."

An dieser Stelle war der Pfarrer der Meinung, auch mal wieder etwas sagen zu müssen. „Lieber Herr Kepler, ich habe volles Vertrauen in Ihre besten Absichten …"

„Aber das alles", unterbrach ihn der Kirchmeister, „sind ungelegte Eier. Wir haben kein Geld, also gibt es kein neues Dach. Da beißt die Maus keinen Faden ab. Auch keine Kirchenmaus."

Nach einer andächtigen Schweigeminute, während der Herr Schneider unruhig auf seinem Stuhl herumrutschte, weil er darauf wartete, dass der Pfarrer die Sitzung für beendet erklärte, machte ich noch einen zaghaften Versuch.

„Gesetzt den Fall – nur mal so rein theoretisch angenommen – ich könnte durch meine Verbindungen und Kontakte den einen oder anderen Unternehmer dafür gewinnen, eine Spende zu tätigen …“

„Das bleibt Ihnen natürlich unbenommen“, erwiderte Herr Schneider. „Aber es bleibt bei der schlichten Tatsache: Haben wir Geld, dann bauen wir, haben wir keins oder zu wenig, dann bauen wir nicht.“

Ich merkte, wie es den lieben Herrn Pfarrer schmerzte, mich so leiden zu sehen. „Lieber Herr Kepler, wollen wir doch im Auge behalten: Wenn der Herr will, wird es auch eine Lösung geben.“

Ich nickte, auch wenn ich nicht so recht wusste, ob ich dem zustimmen sollte, und erhob mich. „Ich danke Ihnen, meine Herren, dass Sie mich angehört haben.“

„Ich habe immer ein offenes Ohr für die Sorgen und Freuden meiner Schafe. Ich meine: meiner Herde. Also, ich meine als Gemeindehirte.“

Die Bemerkung kam ihm wohl selbst etwas komisch vor, weshalb er sich bemühte, das Gespräch auf ein anderes Thema zu lenken. „Haben Sie nicht eine Tochter, die bald in den Konfirmandenunterricht kommt?"

„Sie ist erst zehn."

„Ach so. Aber grüßen Sie bitte Ihren Herrn Vater, der einer unserer treusten Gottesdienstbesucher ist!"

„Danke, das werde ich tun."

Wir verabschiedeten uns.

Die Idee mit der Sammlung bei vermögenden Einwohnern war mir spontan gekommen und ich hatte sofort das Bild von Heinrich Wörtz vor Augen. Er besaß eine große Kugellagerfabrik mit einer Produktionsstätte hier in der Gegend und einer in Ungarn. „Wörtz Wälzlager" hieß es offiziell, weil die Rollkörper in den Lagern eben nicht nur Kugeln sind, sondern auch eine zylindrische oder gar konische Form haben können. Diesen Sachverhalt hatte er mir einmal ausführlich erklärt, als wir bei einem Heimatfest zusammen im Bierzelt saßen. Wir kannten uns aber auch von vielen anderen Begegnungen, oft im Zusammenhang mit der Industrie- und Handelskammer, und waren per Du.

Heinrich lieferte seine Wälzlager an viele Maschinenfabriken und sogar an Autobauer und war sehr erfolgreich. Also auch reich. Tina sagte manchmal: „Wälzlager-Wörtz wälzt sich in seinem Geld wie Onkel Dagobert Duck."

Ich beschloss, mich nicht telefonisch anzumelden, denn dann müsste ich den Grund meines Besuches erwähnen. Und ihm fiele es leichter, mein Ansinnen abzulehnen, als wenn er mir persönlich gegenübersäße.

„Simon – du?“, staunte seine Frau, als sie die Tür öffnete. Wir duzten uns wohl auch, aber ich hatte vergessen, wie sie mit Vornamen hieß.

„Ja – entschuldige den überraschenden Besuch! Ich würde gern Heinrich sprechen. Geht das?“

„Ja, natürlich. Seit er die Geschäfte mehr und mehr unserem Sohn überlässt, hat er viel mehr Zeit. Ein glücklicher Zustand, den ich lange vermisst habe.“

„Bei mir wird es noch lange dauern, bis ich so weit bin.“

Küsschen links und Küsschen rechts. Dann meinte ich noch ein Kompliment anbringen zu müssen. „Du siehst aus wie vierzig, meine Liebe. Ach, was sage ich, wie fünfunddreißig!“

„Vorsicht, Simon! Je stärker die Übertreibung, desto unglaubwürdiger! Heinrich, du hast Besuch.“

Sie führte mich ins Wohnzimmer, das eigentlich Wohnsaal heißen müsste. Eine Wand wird vollständig von Glastüren und Fenstern eingenommen, die bis zum Boden reichen und durch die man einen freien Blick in den wohlgepflegten

Garten hat. Schwarze Ledersessel als Sitzgelegenheit, an der einen Wand ein Fernsehbildschirm, so groß wie eine Tischtennisplatte, und an der anderen Wand zwei riesige moderne Ölgemälde, die sicher etwas Großartiges und Tiefsinniges darstellen sollen, das sich mir allerdings nicht erschließt. Dazu überall Grünpflanzen.

Ich wurde von Heinrich Wörtz freundlich begrüßt, während seine Frau uns allein ließ, und bekam Sitzplatz und Schnäpschen angeboten. Ich muss zugeben, dass mich eine gewisse Beklemmung befiel. So eine Bitte hatte ich noch nie jemandem vorgetragen. Außerdem fiel mir auf, dass Heinrich das Buch, in dem er gelesen hatte, nicht mit einem Lesezeichen beiseitelegte, sondern es nur aufgeschlagen verkehrtherum auf dem Tisch deponierte. Ich schloss daraus, dass er nicht mit einer langen Dauer meines Besuches rechnete.

„Ich will es kurz machen, Heinrich, um dich nicht unnötig lange aufzuhalten …"

„Du hältst mich nicht auf, mein lieber Simon. Aber trotzdem – ich bin ein Freund davon, gleich in medias res zu gehen."

„Wohin?"

„Ich meine, gleich zur Sache zu kommen."

„Ja, genau. Ich wollte dich fragen, ob du dich bei einer Sammlung zur Erneuerung unseres Kirchendaches beteiligen könntest."

Heinrich nickte leicht vor sich hin, so leicht, dass man es nicht als Zustimmung interpretieren konnte, höchstens als Zeichen, dass er die Frage verstanden hatte. Für einige Augenblicke sagte er nichts. Dann hob er plötzlich den Blick und lächelte.

„Mein lieber Simon, du bist ein Filou."

„Das hat man mir im Pfarrhaus auch gesagt."

„Weil du auf einen Auftrag hoffst? Haben sie dir auch gesagt, du seist ein Filou?"

„Ja, sie haben nur ein anderes Wort gebraucht: Schlitzohr."

Heinrich lachte laut auf. Es klang – wie soll ich sagen? – irgendwie freundlich, als sei er der Meinung, ein Schlitzohr zu sein sei etwas Lobenswertes. Eine Sicht der Dinge, die bei einem erfolgreichen Unternehmer ja auch nicht unbedingt verwundern muss. Mein beklommenes Herz fasste Mut.

Heinrich Wörtz, der Wälzlagerkönig, stemmte sich aus seinem Sessel und ging im Zimmer auf und ab. Schweigend. Ob seine Miene etwas von seinen Gedanken verriet, hätte ich nur feststellen können, wenn ich sie gesehen hätte, doch sein Gesicht war von mir abgewandt.

Schließlich blieb er vor den undefinierbaren Kunstwerken mit den verlaufenden Farbflächen und darüberliegenden schwarzen Strichen und

Klecksen stehen, als erwarte er von dort Erleuchtung. Dann drehte er sich um und sah mich an – wie ich fand, nach wie vor einigermaßen freundlich.

„Der Zufall will es, mein lieber Simon, dass du mit deiner Bitte zu einem günstigen Zeitpunkt kommst."

Ich murmelte, ohne nachzudenken, aber doch bereits innerlich ein wenig aufatmend, vor mich hin: „Es gibt keine Zufälle."

„Wie bitte?"

„Ach, nichts weiter! Mein Vater, der ein frommer Mann ist – du kennst ihn ja auch –, der pflegt immer zu sagen, es gibt keine Zufälle, wenn jemand in seiner Gegenwart das Wort Zufall in den Mund nimmt."

„Es gibt keine Zufälle? Was soll das heißen?"

„Er zitiert bei dieser Gelegenheit immer gern sein selbstgeschmiedetes Verslein:

Ein Zufall – Grund, um Gott zu loben.
Denn wenn was fällt, kommt es von oben.
Hast du mal Pech, ist was geglückt,
dann denk daran: Gott hat's geschickt!"

„Ach ja? Hm. Ich weiß, dein Vater, der alte Kepler, hat oft bei Festen lustige Gedichte vorgetragen. Und dass er ein eifriger Kirchgänger war oder noch ist, ist mir auch bekannt. Ganz im Gegensatz zu mir. Und damit hängt es auch zusammen, dass ich von einem günstigen Zeitpunkt sprach."

Er setzte sich wieder und schwieg. Dann nippte er an seinem Glas, aber auch danach begann er nicht zu sprechen.

Als ich die Spannung kaum noch aushielt, fragte ich, nachdem ich mich geräuspert hatte: „Kannst du das vielleicht etwas erläutern?"

Er nickte. „Ich meine das Zusammentreffen zweier glücklicher – für dein Anliegen glücklicher – Umstände. Der erste ist, dass ich im Begriff bin, die Geschäftsführung meiner Firma meinem Sohn zu übergeben. Gestern – oder war es vorgestern? – habe ich so bei mir gedacht: Ich sollte mit meinem stattlichen Vermögen etwas Gutes tun, solange ich noch darüber verfügen kann. Leonard, mein Sohn, wird eher darauf bedacht sein, alles zusammenzuhalten. Ich will ihm damit keineswegs Geiz unterstellen. Ich habe während all der Jahre des Aufbaus meines Betriebes ja auch wenig an andere gedacht. Und Leonard wird sich selbst sicher auch unter Druck setzen, um zu beweisen, dass er ein würdiger Nachfolger seines Vaters ist. In ein paar Wochen könnte ich dir also keine größere Summe mehr geben, wenn ich Streit mit Leonard vermeiden will. Aber noch bin ich Chef über die Finanzen."

„Verstehe“, sagte ich in die Pause hinein, „darum ist der Zeitpunkt günstig.“

„Und noch aus einem weiteren Grund. Ich denke oft, seit ich mich dem sogenannten Ruhestand nähere, an meine Jugend und Kindheit zurück. Wenn du in mein Alter kommst, wirst du das verstehen.“

„Ich glaube, ich verstehe es jetzt schon.“

„Da kam mir neulich wieder in den Sinn, und das Herz wurde mir dabei ganz warm, wie ich damals als der Magier Balthasar in der Kirche beim Krippenspiel mitgemacht habe. Diese Kindheit gehört zu der schönsten Zeit in meinem Leben. Würde ich dazu beitragen, dass in der Kirche weiterhin nicht nur Gottesdienste, sondern auch Krippenspiele stattfinden, würde mir das eine gewisse Befriedigung verschaffen. Ich würde auf diese Weise meinen Dank ausdrücken. Verstehst du das?“

„Sicher verstehe ich das! Vollkommen!“

„Und vielleicht würde ich damit sogar im Himmel – falls es ihn gibt – ein paar Pluspunkte sammeln.“

Ich antwortete zunächst nicht, aber dann schluckte ich, fasste mir ein Herz und sagte: „Das kann ich … äh … durchaus nachvollziehen, Heinrich. Allerdings muss ich sagen, auch wenn sich das unter Umständen störend auf meine Bitte auswirken könnte: Man kann sich das Himmelreich nicht verdienen. Nicht mit guten Werken und nicht mit Opfern."

„Nicht?"

Ich schüttelte betrübt den Kopf.

„Willst du sagen, es bringt mir kein Wohlwollen Gottes ein, wenn ich ... Ach ja, stimmt, das haben wir ja auch schon im Religionsunterricht gelernt. Luther: Allein aus Gnade und so weiter. Aber bist du wirklich der Meinung, dass der Himmel ganz umsonst wäre?"

„Ehrlich gesagt, Heinrich, so genau weiß ich das auch nicht. Soll ich mal jemanden fragen, der sich da besser auskennt als ich?"

„Gute Idee! Am besten gleich, denn die Antwort hat ja unter Umständen Einfluss auf meine Entscheidung." Er zog sein Smartphone aus der Tasche und legte es vor mir auf den Tisch. „Ruf den Pfarrer an, der muss das wissen. Stell auf laut, damit ich seine Antwort mithören kann!"

Ich zog mein kleines Notizbuch aus der Tasche, das ich immer bei mir habe und in dem alle wichtigen Telefonnummern stehen. Ich bin noch einer von der alten Sorte, der mit Papier und Stift umgeht. Als ich die Nummer des Pfarrers einzugeben begann, rief Heinrich: „Halt! Warte mal!"

Ich blickte ihn fragend an.

„Weiß der Pfarrer, dass du Spender für das Kirchendach suchst?"

„Ja, wir haben darüber gesprochen."

„Dann sollten wir ihn nicht fragen. Er könnte versucht sein, die Antwort so zu formulieren, dass ich eher geneigt bin, Geld zu geben. Mir sozusagen eine himmlische Gegenleistung zu versprechen, damit ich …"

„Aber nein, Heinrich! Ich kann mir nicht vorstellen, dass er etwas anderes als die biblische Wahrheit zu dem Thema vertritt."

„Trotzdem. Ich sehe da einen Interessenskonflikt für den Pfarrer. Kennst du sonst jemanden, der sich wirklich auskennt und den wir fragen könnten?"

„Mein Vater kennt sich gut aus in der Bibel. Er kann sie fast auswendig. Und er kennt alle theologischen Auslegungen, von Luther bis … bis … na ja, alle eben."

Heinrich nickte. „Und er ist kein Berufstheologe, was mir in dieser Frage sympathisch ist. Ruf ihn an! Aber sag nichts von mir!"

Diese Nummer musste ich nicht nachschlagen.

„Kepler."

„Hallo, Papa! Ich bin's, Simon. Du, ich hab mal eine Frage."

„Tatsächlich? Das kommt selten vor. Ich werde mir diesen Tag im Kalender anstreichen."

„Es ist keine Frage zu unserem Fach. Eher eine theologische."

„Eine theologische Frage? Komm doch rüber, Junge, das müssen wir doch nicht am Telefon klären."

„Ich bin nicht zu Hause. Ich bin … unterwegs."

„So? Na, dann frag mal!"

„Also, angenommen, ein Mensch, der bisher wenig in die Kirche gegangen ist und auch wenig geglaubt hat …"

Heinrich flüsterte leise: „Oder gar nicht."

„Oder der gar nicht geglaubt hat – dieser Mensch gibt nun eine große Summe für einen guten Zweck, und er beweist damit, dass er den Glauben vielleicht doch nicht ganz über Bord …"

Heinrich winkte ungeduldig mit der Hand und schüttelte den Kopf.

„Jedenfalls ist nun die Frage: Würde ihm so eine gute Tat, in einer gewissermaßen geänderten Gesinnung, den Himmel öffnen?"

Heinrich nickte. Er war mit der Formulierung der Frage offenbar zufrieden.

„Aber Simon!", antwortete mein Vater. „Dass du so etwas fragst! Das musst du doch wissen! Römerbrief, Kapitel drei, Vers vierundzwanzig: Wir werden ohne Verdienst gerecht aus seiner Gnade durch die Erlösung, die durch Christus Jesus geschehen ist."

„Ja, ja, ich weiß – allein aus Gnade, wie Luther sagte. Daran haben wir auch … habe ich auch schon gedacht. Aber – nun ja, es ist schwer einzusehen, dass es Gott ganz egal ist, ob jemand nur egoistisch für sich selbst lebt oder etwas abgibt, um anderen …"

„Wer sagt denn, dass einer, der von Gott begnadigt wurde durch die Erlösung Christi, wer sagt denn, dass der egoistisch nur für sich selbst leben könnte? Er lebt für Gott und seinen Sohn Jesus, unseren Erlöser. Aber das ist dann die Folge der Erlösung, nicht die Ursache."

Heinrich winkte ab, nickte aber dabei. Das wusste ich nicht zu deuten, aber ich vermutete, dass es ihm zu theologisch wurde.

„Gut, Papa, das habe ich kapiert. Danke! Ich muss jetzt Schluss machen …"

„Warte mal!"

„Ist noch was?"

„Ja, weißt du, manchmal besteht die Gefahr, dass man etwas zu einseitig sieht, zu dogmatisch, zu … Man muss immer die ganze Schrift im Auge haben. Und da hat zum Beispiel Jesus in Markus zehn zu dem reichen Jüngling gesagt: Verkaufe alles, was du hast, und gib's den Armen, so wirst du einen Schatz im Himmel haben!"

„Also doch – ein Schatz im Himmel."

„Moment! Nicht ohne den Satz, der folgt: Und

komm und folge mir nach! Darum geht es in erster Linie, um Nachfolge."

„Gut, Papa. Wir sehen uns später." Ich legte auf.

„Hilft dir das, Heinrich?", fragte ich etwas kleinlaut.

„Na ja, sagen wir so: Ich werde weiter darüber nachdenken. Aber vergessen wir einfach die Sache mit den himmlischen Pluspunkten. Ich dachte ja auch mehr an dieses nostalgische Gefühl, das ich damals …"

Er stand wieder auf und ging im Raum hin und her.

„Wir machen Folgendes: Ich werde …" Er blieb vor mir stehen. „Ich werde einen Vertrag aufsetzen. Das ist besser, als wenn ich nur mündlich etwas verspreche. Erstens, damit ihr Sicherheit habt, und zweitens, damit Leonard nichts mehr daran ändern kann. Ich werde also einen Vertrag mit folgendem Inhalt aufsetzen: Ich spende für die Erneuerung des Kirchendaches – sagen wir 120 000 Euro. Als Gegenleistung verpflichtet ihr euch zu Folgendem: Erstens: Im Frühjahr wird mit dem Bau begonnen. Zweitens: Der Zimmermann Simon Kepler wird mit der Arbeit beauftragt. Und drittens: Noch in diesem Jahr zu Weihnachten wird in der Kirche ein Krippenspiel aufgeführt. Und viertens: Darin wird Heinrich

Wörtz eine wichtige Rolle gegeben. Ich würde nämlich gern noch einmal bei einem Krippenspiel mitmachen."

Mir stockte der Atem.

Das war ja viel mehr, als ich erwartet hatte! Hundertzwanzigtausend! Großartig! Nur das mit dem Krippenspiel könnte etwas schwierig werden. Ich traute mich aber nicht, darüber mit ihm zu verhandeln – am Ende käme sonst das ganze Paket nicht zustande.

Wenn niemand in der Kirche zu finden sein sollte, der ein Krippenspiel organisieren könnte, würde ich das eben notgedrungen selbst machen.

„Ich danke dir, Heinrich!" Ich stand auf und reichte ihm in einer pathetischen Geste die Hand. „Du bist ein großartiger Mensch!"

„Och, lass man!", lächelte er mit etwas erzwungen wirkender Bescheidenheit. „Ein großartiger Mensch! Ob Gott im Himmel das so sieht, wird sich erst noch herausstellen. Aber es ist auch schon schön, wenn du es so siehst."

„Gott sieht alle Menschen als großartig an, weil sie seine Geschöpfe …"

„Schon gut! Komm, wir trinken noch ein Gläschen auf unseren Vertragsabschluss!"

Plötzlich fiel mir noch etwas ein. „Du, Heinrich, da sehe ich noch ein Problem."

„Ach?"

„Die Krippenspiele, die es so gibt, sind ja, soweit ich weiß, alle für Kinder. Wenn du aber mitspielen willst … ich meine, es darf ja nicht … wie soll ich sagen …?“

„Lächerlich wirken? Natürlich nicht. Du musst eben einen Text finden, den Erwachsene spielen können. Nicht kitschig oder so. Das muss doch auch gehen, findest du nicht? Ich meine, im richtigen Theater spielen doch auch keine Kinder.“

„Und die Oberammergauer Passionsspiele werden auch von Erwachsenen gespielt.“

„Na siehst du!“

„Ich werde sicher etwas finden“, sagte ich und bemühte mich, meinen leisen Zweifel nicht hörbar werden zu lassen.

Und dann tranken wir unseren Schnaps.

KAPITEL 3

Da das Pfarrhaus auf meinem Weg lag, wollte ich in meiner Begeisterung gleich dem Pfarrer Bescheid geben. Er musste ja planen. Beides – die Sache mit dem Dach und das Krippenspiel.

Am Pfarrhaus gab es zwei Klingeln. Über einer stand „Pfarrbüro“ und über der anderen „Eberle“. So heißt unser Pfarrer.

Da sich nach meinem Läuten im Pfarrbüro nichts rührte, erlaubte ich mir, auf den anderen Knopf zu drücken. Ich war viel zu begeistert von der jüngsten Entwicklung, als dass ich geduldig auf eine spätere Gelegenheit hätte warten können.

Der Türöffner summte. Ich nahm das als Einladung, drückte die Tür auf und trat in den Flur.

„Ich bin hier in der Küche“, hörte ich eine weibliche Stimme. Vorsichtig näherte ich mich einer nur angelehnten Tür, von der ich annahm, dass dahinter die Küche lag. Ich stieß sie behutsam auf.

Vor mit stand Frau Eberle. Sie hatte einen grauen Arbeitskittel an, der mit vielen weißen Flecken übersät war – wie ein Sternenhimmel in der Abenddämmerung. Auf dem Kopf trug sie einen etwas seltsamen Putz: einen Plastiksack. Den Beutel, der sonst für die Sammlung von Wertstoffen verwendet wird, hatte sie mit den Bändern zum Zuknoten unter ihrem Kinn festgebunden. Das raschelnde Ungetüm hing an ihrem Rücken herunter und erinnerte an die Tracht mancher Nonnen, nur dass deren Hauben meistens nicht gelb sind. In der Hand trug Frau Eberle eine Stange, an deren oberem Ende eine Lammfellrolle befestigt war. Offensichtlich war sie dabei, die Decke und die Wände weiß zu streichen.

Die Küche war ausgeräumt, nur die Hängeschränke befanden sich noch an der Wand, die Spüle und der Herd standen darunter. Der Fußboden war mit alten Zeitungen ausgelegt.

So stand sie vor mir, das Werkzeug neben sich haltend wie ein antiker Krieger seinen Speer, und sagte: „Ach, Herr … Moment, sagen Sie nichts! Ich komme gleich drauf! Herr … äh, Galilei war es nicht … Kepler! Herr Kepler, der Sohn des treuen Gottesdienstbesuchers im Rollstuhl! Stimmt's?“

„Ganz richtig, Frau Eberle. Entschuldigen Sie – wenn ich gewusst hätte, dass Sie gerade die Küche streichen, hätte ich Sie nicht gestört.“

„Macht doch nichts! Nur sollten Sie da stehen bleiben. Sonst tragen Sie mit Ihren Schuhen alle Kleckse, die ich auf den Zeitungen gemacht habe, überall hin. Mein Mann ist nicht da. Wissen Sie, wenn ich so etwas vorhabe wie diese Renovierungsarbeit, dann will ich ihn nicht hier herumlaufen haben. Ich habe ihm gesagt, er soll Hausbesuche machen."

Ich wusste nichts Besseres zu sagen als: „Na ja, die sind ja auch wichtig bei so vielen Kranken."

„Eben. Nur weiß ich nicht, ob ich Ihnen helfen kann, Herr Kepler. Aber so gegen sechs wird mein Mann wieder da sein."

„Ich wollte ihm nur etwas berichten, und zwar etwas sehr Erfreuliches. Das kann ich auch Ihnen erzählen und Sie können es ihm weitergeben."

„Ja, gern. Macht es Ihnen etwas aus, wenn ich dabei weiterarbeite?"

„Ganz und gar nicht."

Sie tauchte ihr Werkzeug in den Farbeimer, rollte es über das Gitter, das daran lehnte, und trug die Farbe in der hinteren Ecke der Decke auf.

„Wir hatten heute Morgen davon gesprochen, dass wir Spender für eine Erneuerung des Kirchendaches suchen müssten. Und denken Sie: Schon der Erste, den ich ansprach, hat uns 120 000 Euro zugesagt!"

„Wie viel?" Vor Schreck wäre ihr fast die Farbrolle aus der Hand gefallen. „Hundertzwanzigtausend? Das kann ja nur der Wälzlager-Wörtz gewesen sein."

„Stimmt."

„Treten Sie mal etwas zurück, weil ich jetzt in Ihre Nähe komme. Da fliegen manchmal die Tropfen."

Ich floh einen Schritt nach hinten. „Es gibt einige Bedingungen. Die sind aber kein Problem. Die wichtigste ist zunächst, dass wir noch in diesem Jahr zu Weihnachten ein Krippenspiel aufführen sollen."

„Oh – das ist zeitlich etwas knapp. Aber durchaus zu schaffen. Wir haben in unserer früheren Gemeinde mehrmals Krippenspiele aufgeführt. Mit den Konfirmanden oder den Kindern aus dem Kindergottesdienst. Da habe ich noch Textbücher. Ich kann im Moment nicht danach suchen, aber …"

„Es ist leider so, Frau Eberle, dass das Krippenspiel diesmal von Erwachsenen gespielt werden soll. Da eignen sich die Texte nicht so, die für Kinder geschrieben wurden."

„Hm, ja, das sehe ich ein."

„Heinrich Wörtz will nämlich selbst mitspielen."

„Ach …" Die Vorstellung schien sie so zu erschrecken, dass sie mit dem Rollen innehielt. Und zwar gerade in dem Moment, als sie damit über ihrem Kopf war, sodass einige weiße Tropfen auf ihre Kopfzier klatschten.

„Ich denke“, fügte ich hinzu, „dass man einem so großzügigen Spender bei diesem sicher etwas ungewöhnlichen Wunsch entgegenkommen muss.“

„O ja, bestimmt!“, sagte sie und tauchte die Rolle wieder in den Farbeimer. Aber dann legte sie die Stange auf den Boden, sodass die Lammfellrolle über dem Eimer hing, richtete sich auf und sah mich an.

„Wenn es dazu käme, Herr Kepler, würde ich mich riesig freuen.“

„Ich mich auch.“

„Würden Sie das in die Hand nehmen? Ich meine, alles organisieren: Spieler suchen, Rollen einstudieren, Regie führen …?“

„Ich bin in dieses Projekt eigentlich nur hineingerutscht, weil ich als Zimmermann für den Neubau des Daches infrage komme. Vom Theater habe ich keine Ahnung.“

„Ach, machen Sie es doch trotzdem! Bitte! Ich traue Ihnen das zu. Ich würde Sie auch nach Kräften unterstützen. Nur mit meinem Mann können Sie kaum rechnen, so etwas liegt ihm einfach nicht.“

Das hatte ich mir bereits gedacht und nickte deshalb nur.

„Wir könnten allerdings“, fuhr Frau Eberle fort, „wir könnten das Krippenspiel musikalisch bereichern. Zu Weihnachten besuchen uns nämlich unsere Kinder. Der Sohn studiert Musik und die Tochter ist Lehrerin. Wir haben früher oft als Quartett gesungen. Stefanie hat eine sehr schöne Sopranstimme. Gehen Sie doch mal eben da ins Wohnzimmer! Aber zeigen Sie mir erst Ihre Fußsohlen!"

Ich hob gehorsam meine Füße.

„In Ordnung. In der Kommode, rechts in der unteren Schublade … ziehen Sie die mal auf! Haben Sie's?"

„Noch nicht. Da stehen noch Küchenstühle davor und ein Mikrowellenherd." Sie konnte mich nicht sehen, da sie in der Küche stehen geblieben war.

„Da ist ein Kassettenrecorder drin. So was hatte man früher, heute lacht man darüber."

„Ich hab ihn."

„Daneben liegen Kassetten. Auf einer steht: Quartett. Legen Sie die mal ein. Wissen Sie, wie das geht?"

„Natürlich. Ich bin auch schon fast vierzig!"

„Eine Steckdose ist neben der Tür unter dem Lichtschalter. Und dann drücken Sie auf Play!"

Ich tat wie befohlen. Es erklang ein sehr schöner, vierstimmiger Gesang, leise von einer akustischen Gitarre begleitet. „Geh aus, mein Herz, und suche Freud …"

„Das sind wir", erklärte Frau Eberle laut aus der Küche. Ich meinte, ein wenig Stolz herauszuhören. „Stefanie Sopran, ich Alt, mein Mann Tenor und unser Sohn Bass. Wir könnten mehrstimmig Weihnachtslieder vorsingen. Dafür müssen wir nicht lange üben."

„Großartig!", freute ich mich. „Das sollten wir unbedingt einbauen!"

Ich schaltete den Kassettenrekorder aus und brachte alles wieder in den Urzustand. Als ich wieder an der Küchentür stand, war die Decke fast fertig gestrichen.

„Sie hätten es leichter", sagte ich, „wenn Sie die Hängeschränke abnehmen würden."

„Das dachte ich auch und habe meinen Mann um Hilfe gebeten. Aber wir haben es nicht hinbekommen. Wissen Sie, er ist in diesen praktischen Dingen manchmal etwas unbeholfen."

„Da kann er froh sein, dass er Sie hat!", meinte ich, was sie nicht weiter kommentierte, jedenfalls nicht mit Worten. Aber an ihrem leichten Lächeln konnte ich erkennen, wie sie darüber dachte.

„Wenn Sie etwas für meine Füße hätten, könnte ich Ihnen helfen."

„Das wäre sehr freundlich! Nehmen Sie die alten Hausschuhe meines Mannes. Im Schuhregal auf dem Flur ganz unten links."

Innerhalb von fünf Minuten waren die Hängeschränke abgenommen und standen auf dem Fußboden im Flur. Wir waren beide sehr zufrieden, als ich mich verabschiedete.

Zu Hause erzählte ich Tina alles in allen Einzelheiten. Es war unschwer zu erkennen, dass ihr ein Stein vom Herzen fiel.

„So ein Auftrag für ein Kirchendach würde uns retten."

„Und Heinrich Wörtz will dafür sorgen, dass ich den Auftrag bekomme."

„Hoffentlich klappt es! Gut, er kann sagen, er gibt das Geld nur, wenn wir den Auftrag kriegen. Aber ob sich die Kirchenverwaltung darauf einlässt?"

„Sie werden sich doch so viel Geld nicht durch die Lappen gehen lassen! Und notfalls kann er uns einen Teil der Summe direkt geben, sodass wir ein um diesen Betrag geringeres Angebot abgeben können."

„Den Teil kann er aber dann nicht von der Steuer …"

„Genug davon! Heinrich wird das schon machen! Jetzt ist es wichtig, dass wir das mit dem Krippenspiel hinkriegen."

„Ich muss sagen, Simon, ich freue mich auf die Herausforderung. Hättest du etwas dagegen, dass ich die Maria spiele?"

„Du? Die Maria?"

„Warum nicht?“

„Hm. Erst mal müssen wir einen geeigneten Text haben. Da weiß ich überhaupt noch nicht, wo wir den hernehmen sollen. Weil alles, was es da schon gibt, wohl eher für Kinder gedacht ist.“

„Darin sehe ich überhaupt kein Problem!“ Tina sah mich an, offenbar in der Erwartung, dass ich selbst auf die Lösung käme, die ihr vorschwebte. Also strengte ich mich an und …

„Nein! Meinst du wirklich?“

„Warum nicht? Papa hat Erfahrung und Talent. Und was den Inhalt angeht, können wir sicher sein, dass die zentrale Weihnachtsbotschaft nicht durch nur romantische Gefühle und kitschige Stimmung verdrängt wird.“

Ich nickte langsam. „Hm. Fragen kann ich ihn ja mal.“

Ich ging direkt zu meinem Vater hinüber. Dabei sah ich Sokrates und Herkules in der Werkstatt arbeiten und ertappte mich bei der Überlegung, wie sie wohl wirken würden als Hirten von Bethlehem. Oder gar als Weise aus dem Morgenland – zumindest Sokrates, unser Philosoph, müsste sich in der Rolle wohlfühlen.

Ich berichtete meinem Vater alle Einzelheiten dieses ereignisreichen Tages und schloss mit der Frage: „Was denkst du, Papa – könntest du uns so ein Krippenspiel schreiben?“

Er schwieg eine Weile und schmunzelte leicht. Ich konnte nicht erkennen, ob er sich geschmeichelt fühlte oder ob er sich schon auf die Aufgabe freute.

„Es wäre eine Chance", sagte er schließlich, „gerade, wenn Erwachsene spielen, über die übliche Weihnachtsstimmung hinauszugehen und das eigentliche Weihnachtswunder herauszustellen. Und seine Bedeutung für uns alle."

„Das meinte Tina auch."

„Und Heinrich Wörtz will selbst mitspielen?"

„Ja, unbedingt."

„Kann der so was?"

„Weiß ich nicht. Wir können ihm ja eine Rolle geben, die zwar wichtig ist, bei der er aber nicht viel sagen muss."

„Hm. Da würde sich Josef anbieten."

Ich nickte. „Daran hatte ich auch schon gedacht."

„Ich mache auch mit", sagte er und grinste mich an.

„Du? Aber Papa! Du kannst doch nicht mit dem Rollstuhl durch Bethlehem fahren!"

„Natürlich nicht. Ich dachte mehr so als Stimme aus dem Off. Nun gut, lass mir einen Tag Zeit, um zu überlegen. Ich meine, mir ein Gesamtkonzept auszudenken. Morgen sage ich dir, ob ich es mache oder nicht."

Ich war ziemlich sicher, dass er keinen Rückzieher machen würde. Die Chance, mit seiner Dichtkunst an die Öffentlichkeit zu treten, ließ er sich bestimmt nicht entgehen.

Aber nun wurde es Zeit, dass ich mich wieder meiner eigentlichen Tätigkeit zuwandte. Die beiden „Griechen" hatten inzwischen auch ohne mich ordentlich gearbeitet. Es ging um eine Doppelgarage, die ein Kunde bestellt hatte. Er hatte so viele Sonderwünsche gehabt, dass keine der Standardgaragen aus der Massenfertigung dafür geeignet gewesen war. Wie schön, dass es immer mal wieder Menschen mit Sonderwünschen gibt, sonst hätten wir schon längst zumachen müssen.

Irgendwann, kurz vor Feierabend, fragte ich die beiden: „Sagt mal, wisst ihr, was ein Krippenspiel ist?"

„Klar!", sagte Thomas.

„Nie gehört", antwortete Karl.

Thomas erklärte: „Da wird die Weihnachtsgeschichte nachgespielt. Stall von Bethlehem, Maria und Josef, Hirten und so."

„Ja", ergänzte ich, „und die Weisen aus dem Morgenland. Vielleicht sogar Engel. Wir planen, so etwas in unsrer Kirche aufzuführen. Hättet ihr Lust, dabei mitzumachen?"

„Nee", antwortete Karl.

„Vielleicht“, meinte Thomas.

„Es ist nämlich so, dass es unserem Betrieb nützt, wenn das Krippenspiel stattfindet. Der Herr Wörtz hat nämlich …“

„Der Kugellagerfritze?“

„Heinrich heißt er. Der Kugellager-Heinrich hat nämlich eine große Spende für den Neubau des Kirchendaches angekündigt. Das würden wir dann bauen. Aber nur, wenn wir ein Krippenspiel in der Kirche auf die Beine stellen.“

„Ach so“, nickte Thomas. „Na dann …“

„Muss man da viel auswendig lernen?“, fragte Karl.

„Das weiß ich noch nicht. Aber ich könnte dir vielleicht eine Rolle geben, wo das nicht nötig ist.“

„Na gut, dann mache ich auch mit. Gibt's da vielleicht auch einen römischen Soldaten, mit Schwert und Spieß und so? Den würde ich dann gerne spielen.“

Ich erklärte ihnen: „Das alles ist noch ungewiss. Der Text muss erst noch geschrieben werden. Und erst wenn wir wissen, wer drin vorkommt, können wir die Rollen verteilen.“

„‚Besetzen‘ heißt das“, korrigierte mich Thomas. Und dann fuhr er lächelnd fort: „Die Besetzung für eine Rolle ist immerhin schon geklärt. Da war doch so ein Engel, der zu den Hirten sagte, sie sollen sich nicht fürchten und nach Bethlehem in den Stall gehen. Den kann doch Philipp spielen. Der hat doch jetzt schon Erfahrung als Engel Gabriel."

Als meine beiden Mitarbeiter gegangen waren und ich noch einiges in der Werkstatt erledigt hatte, ging ich zu Tina ins Büro hinüber. Sie war auch noch in die Arbeit vertieft.

„Je länger ich mich mit dem Krippenspielprojekt beschäftige", sagte ich, „desto mehr bin ich davon begeistert. Also nicht nur, weil es uns den Auftrag einbringen soll."

„Mir geht es ähnlich. Ich weiß zwar nicht, ob ich das kann, aber ich freue mich, die Maria zu spielen."

„Du bist achtunddreißig, aber Maria war wahrscheinlich höchstens achtzehn."

„Na und? Es ist sowieso alles anders, als es in Wirklichkeit war. Das alles hat damals zum Beispiel nicht in einer Kirche stattgefunden, alles ist nur gestellt …"

„Wenn du auch eigentlich zu alt für Maria bist, ist Josef erst recht zu alt für dich. Heinrich Wörtz soll den Josef spielen. Er ist, glaube ich, siebenundsechzig."

„Macht doch nichts. Auf den alten Gemälden ist Josef immer steinalt."

„Davon steht aber nichts in der Bibel. Die mittelalterlichen Maler wussten auch nicht, wie alt er wirklich war."

„Es ist eben ein Spiel. Die Menschen hatten andere Kleidung, die Geschenke der Weisen aus dem Morgenland bestanden nicht aus geleerten Keksdosen, es gab kein elektrisches Licht und auch keine Zuschauer."

„Stimmt. Und keine Lautsprecheranlage, damit die Zuschauer auch ja verstehen, was gesagt wird. Da fällt mir ein – ich muss mich noch um eine Anlage kümmern, damit jeder ein Mikrofon hat. Es gibt doch diese Headsets oder wie das heißt. Jeder kriegt so ein Ding, das sich wie ein Wurm von hinten am Hals vorbeischleicht und vorn in einem kleinen Mikrofon endet. Ich finde, das sieht immer so aus, als wäre es eine Schlange, die nur darauf wartet, dass der Sprecher die Zunge rausstreckt, damit sie reinbeißen kann."

„Du hast doch gute Beziehungen zu Radio-TV-Lachmann. Vielleicht kann der uns so etwas ausleihen."

„Wenn er als Sponsor genannt wird und auf den Einladungszetteln steht – kann sein, dass er es dann umsonst macht. Das ist ja schließlich auch Werbung."

„Meinst du nicht, dass wir ohne so etwas auskommen?"

„Auf keinen Fall! Schon der Pfarrer hat heute,

wenn er predigt, ein Mikrofon. Da brauchen die ungeübten Sprecher erst recht eins. Denk an die Akustik!"

„Endloser Hall, wie beim Bürgermeister von Wesel."

„Am besten, ich fahre gleich mal schnell zu Lachmann. Er wird noch im Laden sein."

Er war tatsächlich noch im Laden, aber Lachmann konnte mir nicht helfen. Er habe keine solche Anlage zu vermieten, sagte er. Er könne mich höchstens an eine andere Firma verweisen, die so etwas professionell anbietet. Das werde wahrscheinlich aber teuer.

Als ich ratlos den Laden verließ und gerade in mein Auto steigen wollte, sprach mich ein junger Mann an, der mir aus dem Laden gefolgt war. Es war anscheinend der Lehrling von Lachmann. Während meines Gesprächs mit seinem Meister hatte er sich immer in unserer Nähe herumgedrückt. Er war ein langer, schlaksiger Kerl mit einem Pferdeschwanz. Er trug Jeans mit großen Löchern und ein T-Shirt, das wohl nicht gebügelt worden war, seit es die Fabrik in Pakistan verlassen hatte. Der Stoff war mit bunten Buchstaben bedruckt, die jedoch keinen Sinn für mich ergaben. Trotz der herbstlichen Kühle guckten zwei nackte Arme aus dem Shirt heraus, die zwar dünn, dafür aber mit allerlei Tattoos verziert waren.

„Hallo, Sie!“

„Ja?“

„Ich bin Arno. Bin Lehrling da drin. Sie suchen eine Verstärkeranlage?“

Ich wunderte mich, dass er das mitbekommen hatte, denn in einem seiner Ohren steckte ein Knopf, der ihm offenbar Musik einträufelte. In deren Rhythmus vollführte er dauernd leichte, tänzerische Zuckungen.

„Ja“, antwortete ich und sprach instinktiv etwas lauter. „Mit möglichst vielen Mikrofonen für ein Theaterstück.“

„Ich kann Ihnen helfen.“

„Ach ja?“

„Wie viele Mikros brauchen Sie denn?“

„Es werden sicher mindestens zehn oder zwölf Spieler sein, wahrscheinlich mehr.“

„Das können Sie sich aus dem Kopf schlagen. So was gibt's nur bei einer Show im Fernsehen. Oder wenn ein großes Orchester aufgenommen wird. Sie müssen nur die mit Mikros ausstatten, die gerade auf der Bühne sind und was zu sagen haben. Nach jeder Szene werden die Mikros backstage ausgetauscht. Also hinter der Bühne.“

„Aha.“

„Wenn Sie mit sechs Mikros auskommen, kann ich Ihnen helfen. Wir haben so was für unsre Band. Mikros und Boxen. Mächtig Power! Das brauchen wir für unsre Heavy Metal Musik. Da vibriert nicht nur das Trommelfell, sondern auch das Zwerchfell und die Bauchdecke."

„Scheint ein gutes Angebot zu sein."

„Was heißt hier Angebot? Das ist ein Geschäft! Wir können ja damit nicht Reklame machen. Aber ich biete Ihnen einen günstigen Preis: 500 Euro für zwei Tage, also Generalprobe und Aufführung. Einschließlich fachgerechtem Aufbau und Bedienung mit zwei Mann."

„Hm. Und du garantierst mir … ich darf doch Du sagen?"

„Klar, ich bin Arno. Und du?"

„Simon. Du garantierst mir, dass das auch zuverlässig funktioniert?"

„Es kann immer mal ein kleiner technischer Fehler vorkommen. Dafür gibt es keine Garantie. Aber wegen mir können wir ausmachen, dass du bei zwei kleinen Defekten während der Aufführung dreißig Euro weniger zahlst."

„Das scheint mir fair. Jedenfalls, wenn der Fehler schnell behoben ist."

„Wenn die Anlage ganz ausfallen sollte, sagen wir, für mehr als fünf Minuten, zahlst du gar nichts."

„Einverstanden."

„Das ist zu Weihnachten? An Heiligabend?"

„Richtig."

„Ich kann dir auch anbieten, mit unsrer Band zu spielen. Zum Beispiel Jingle bells oder so was."

„Nein danke. Aber die Anlage nehmen wir."

Wir reichten uns die Hand wie die Viehhändler und setzten uns anschließend in mein Auto, um die weiteren Einzelheiten zu besprechen.

KAPITEL 4

Im Jahr des Herrn 1759, so habe ich gelesen, fand die Schlacht von Kunersdorf statt, in der der Alte Fritz gegen Russland, Österreich und Frankreich eine haushohe Niederlage einstecken musste. Fast hätte es danach kein Preußen mehr gegeben.

Auch starb in jenem Jahr der Komponist Georg Friedrich Händel. Dafür wurde aber der Dichter Friedrich Schiller geboren.

In eben diesem Jahr 1759 wurde unsere Kirche geweiht. Sie war vermutlich schon damals zu groß. Aber man dachte wohl: Sollten mal alle Bürger hingehen, sollen sie auch reingehen.

Der Turm wurde auf das Fundament des Vorgängerbaus gestellt, aber für das Kirchenschiff waren die Grundmauern der alten Kirche aus dem 11. Jahrhundert viel zu klein.

Nun steht das Bauwerk seit über einem Vierteljahrtausend da und lässt in seinem erhabenen Innenraum die Gruppe der wenigen Gottesdienstbesucher noch kleiner erscheinen.

Ich schob meinen Vater in die Kirche. Wir blieben im hinteren Drittel des Mittelgangs stehen und ließen den Raum auf uns wirken.

Überall an den Wänden und Säulen und an der Brüstung der zwei Emporen, die sich übereinander an drei Seiten des rechteckigen Inneren der Kirche entlangzogen, waren Gemälde aufgetragen und Gipsfiguren angebracht. Blätter und Ranken, Obst und Tierfiguren und eine Vielzahl von Engeln, die meist spärlich bekleidet ihre Gipsbeine neckisch in den Raum hineinstreckten. Immerhin waren die Figuren, wenn auch nicht mit Textilien, so doch wenigstens mit Staub bedeckt. Anscheinend waren die Engel im 18. Jahrhundert alle noch sehr klein, etwa so wie unser Philipp heute oder sogar noch kleiner. Ich ertappte mich bei dem Gedanken, wie alt sie wohl heute im 21. Jahrhundert wären. Was selbstverständlich Unsinn ist, da weder Gipsfiguren noch echte Engel altern, Erstere vielleicht noch eher als Letztere.

Neben den Engeln gab es natürlich auch allerlei menschliche Gestalten. Da die Kirche von Anfang an evangelisch war und wir Evangelischen mit der Verehrung von Heiligen sehr zurückhaltend sind, hegte ich den Verdacht, dass es sich um Figuren aus der Bibel handelte. Allerdings konnte ich nur wenige von ihnen wiedererkennen, so zum Beispiel Jona, weil er gerade in ein Fischmaul schlüpfte, und Kain, der mit einem gewaltigen Felsbrocken auf seinen Bruder Abel losging. Wegen der anderen beschloss ich, gelegentlich meinen Vater zu fragen, der all die Geschichten aus der Bibel sicher besser kennt und zuordnen kann. Doch jetzt gab es erst mal Wichtigeres zu tun.

Ich habe mal gelesen, dass der berühmte Orgelbauer Silbermann, wenn er einen Auftrag für einen Orgelbau bekam, alleine in die entsprechende Kirche hineinging und dort einmal mit seinem Stock auf den Fußboden stieß. Anschließend lauschte er auf den entstandenen Klang und wusste sofort, wie die neue Orgel beschaffen sein musste.

Ich weiß zwar nicht, ob diese Geschichte stimmt, aber die Anekdote fiel mir ein, als ich meinen Vater beobachtete. Er ließ den Raum auf sich wirken, wenn auch nicht akustisch, sondern optisch, und in seinem Kopf nahm das Krippenspiel Stück für Stück Gestalt an.

Nach einigen Minuten des Schweigens sagte er: „Ich bin zwar jeden Sonntag hier, aber manches weiß ich trotzdem nicht. Kannst du bitte mal nachsehen, ob man da vorn über eine Treppe von unten auf die erste und auf die zweite Empore kommen kann? Oder muss man dafür nach hinten zum Eingang zurück und die Haupttreppe benutzen?"

Ich eilte fort und kam nach einigen Minuten mit der Meldung zurück: „Rechts geht es nicht.

Aber links führt jeweils eine Tür in den Turm, und da gibt es eine Wendeltreppe."

„Gut. Danke."

„Würde es dir etwas ausmachen, mich an deinen Überlegungen teilhaben zu lassen?"

Papa nickte gnädig und ich setzte mich auf die Armlehne einer Kirchenbank.

„Wir wollen ja weitgehend alles zu vermeiden suchen, was kitschig wirken könnte. Andererseits ist auch eine gewisse Atmosphäre, eine gewisse Nostalgie notwendig, damit Heinrich Wörtz und alle anderen unser Stück als Krippenspiel empfinden und nicht enttäuscht sind. Es geht also darum, in verschiedener Hinsicht einen Kompromiss zu finden."

„Was meinst du mit: ‚in verschiedener Hinsicht'?"

„Zum Beispiel in Bezug auf die Sprache. Viele Krippenspiele haben einen gereimten Text. Aber wenn sich Leute so unterhalten, wirkt es unecht, weil normalerweise niemand in Reimen spricht. Ein Kompromiss wäre etwa, dass die Personen im Spiel zwar in Prosa reden, aber der Prolog, von dem ich schon sprach, oder eventuelle Kommentare außerhalb des Geschehens durchaus eine gebundene Form haben können."

„Aha. Gut, das leuchtet ein."

„Wir müssen auch einen Kompromiss finden

in Sachen Kostüme. Und einen zwischen der gewohnten Weihnachtsvorstellung und der historischen Richtigkeit."

„Wie meinst du das? Ist unsere Vorstellung von Weihnachten denn historisch nicht korrekt?"

„Nehmen wir zum Beispiel die Weisen aus dem Morgenland: In Krippenspielen und auf alten Gemälden stehen sie zumeist zusammen mit den Hirten im Stall. Aber wahrscheinlich kamen sie erst sehr viel später nach Bethlehem. Wenn, wie man annehmen muss, der Stern direkt bei der Geburt Jesu erschienen ist, mussten die Sterndeuter ja erst noch den weiten Weg nach Israel zurücklegen. Das deckt sich auch mit den Angaben im Matthäusevangelium, dass Herodes alle Kinder unter zwei Jahren in Bethlehem umbringen ließ, nachdem ihm die Weisen erzählt hatten, wann ihnen der Stern erschienen war."

„Ach so. Aber alle Leute denken ..."

„Eben. Deshalb suche ich ja nach einem Weg, wie wir ..."

„Nach einem Kompromiss."

„Genau."

„Und? Hast du schon eine Idee?"

Er nickte leicht und begann langsam: „Ich denke mir das Ganze in etwa so: Erste Szene: Vorn ist Bethlehem mit dem Stall. Maria und Josef kommen durch den Mittelgang auf die Bühne, werden abgewiesen und kommen im Stall unter. Licht aus.

Zweite Szene: Spot auf die drei Weisen vorne links, ganz oben auf der zweiten Empore. Sie sehen den Stern, erkennen seine Bedeutung und machen sich auf den Weg.

Dritte Szene: Licht auf der Bühne. Da ist inzwischen der Stall weggeräumt oder verhängt. Die Hirten auf dem Feld von Bethlehem. Der Engel erscheint, verkündet die Geburt des Messias. Die Hirten machen sich auf den Weg. Licht aus.

Vierte Szene: Scheinwerfer auf die drei Weisen, die inzwischen auf die untere Empore gegangen sind – im Palast des Herodes. Der befragt die Gelehrten aus dem Volk und verweist seine Gäste auf Bethlehem.

Fünfte Szene …"

Ich unterbrach ihn: „Großartig! Soll ich nicht lieber mitschreiben?"

„Nicht nötig, ich hab alles im Kopf. Also, fünfte Szene: Licht auf die Bühne, wo jetzt wieder Stall und Krippe zu sehen sind. Die Hirten kommen und beten an. Dann – weil ja in Lukas zwei steht, dass sie allen von ihren Erlebnissen erzählen – gehen die Hirten herunter ins Publikum und reden begeistert zu den Zuschauern. Verschwinden ganz nach hinten.

Sechste Szene: Die Weisen kommen auf die

Bühne und bringen ihre Geschenke. Da muss ich mir noch eine … eine Zuspitzung überlegen. Und einen guten Schluss."

„Sehr schön, Papa! Ich sehe es direkt vor mir. Und zwischendrin – habe ich dir schon gesagt, dass die Familie Eberle …"

„Singen wird, ja, hast du gesagt. Das ist gut. Vielleicht lassen wir sie immer zwischen den Szenen singen. Das überleg ich mir noch. Jetzt muss ich mal nach vorn."

Ich streckte meine Hände aus und wollte ihn schieben, aber er rollte schon alleine davon. Vorne angekommen, drehte er sich um und blickte in den Kirchenraum hinein.

„Wir müssen eine Bühne haben", sagte er. „Hoch genug, damit man auch von ganz hinten alles sehen kann. Und notfalls sogar von der oberen Empore."

„Aber nein!", rief jemand von ganz hinten. Es war der Pfarrer. Wir hatten den Kirchenschlüssel bei ihm geholt und er hatte bei der Gelegenheit gesagt, er komme gleich nach.

„Aber doch!", antwortete mein Vater. „Es ist unbedingt nötig, Herr Pfarrer. Und weil hier vorn so wenig Platz ist, müssen wir die Bühne über den Altar bauen."

„Das ist unmöglich, lieber Herr Kepler! Wir können doch nicht so ein Gerüst über den heiligen Tisch des Herrn bauen! Und obendrauf laufen dann die Leute herum, gewissermaßen auf dem Altar!“

„Höchstens über dem Altar.“

„Das wäre ja Blasphemie!“

„Aber Herr Pfarrer!“, antwortete Papa mit einer Energie, die ich lange nicht bei ihm gesehen hatte. „Muss ich Sie etwa darüber belehren, dass der Altar nicht heiliger ist als jeder Ort, an dem Gott gegenwärtig ist? Und wo wäre Gott nicht gegenwärtig?“

„Aber … aber es gehört zur Ehrfurcht vor dem Allmächtigen, dass wir nicht irgendwelche profanen Dinge … zwischen den Altar und den offenen Himmel …“

„Ich widerspreche Ihnen nur ungern, Herr Pfarrer, aber ich bin sicher, dass die Gebete, die zu Gott aufsteigen, nicht durch ein paar hölzerne Bohlen behindert werden. Zwischen dem Altar und dem Himmel ist ja sowieso noch das Dach. Und das ist, wie wir alle wissen, noch unwürdiger in seinem derzeitigen, verrotteten Zustand als die Bühne, die mein Sohn bauen wird. Was meinst du, Simon?“

Ich drückte mich. „Ich verstehe davon nicht genug.“

Pfarrer Eberle gab sich noch nicht geschlagen. „Aber der Tisch des Herrn, von dem aus das heilige Abendmahl, Brot und Wein als Fleisch und Blut des Herrn …"

„Natürlich können wir während dieser Zeit den Altar nicht benutzen. Aber das tun wir doch sowieso nicht, wenn der Gottesdienst im Winter im Gemeindehaus stattfindet."

Pfarrer Eberle trat näher heran, seufzte und legte meinem Vater die Hand auf die Schulter. „Ach, lieber Bruder im Herrn, dass wir in dieser Frage so unterschiedlich denken, das schmerzt mich."

Papa sah zu ihm auf und antwortete: „Aber, lieber Bruder im Herrn, wissen Sie nicht längst, dass es verschiedene Traditionen und verschiedene Frömmigkeitsformen gibt? Dass uns die aber nicht trennen dürfen, weil das, was uns verbindet, wichtiger und stärker ist? Und dass die verschiedenen Formen des Glaubens die Gemeinde gerade bereichern können?"

„Wohlan denn", murmelte der Pfarrer, „bauen Sie Ihre Bühne! Natürlich haben Sie recht, dass unsere Gebete auch durch Bretter und Dächer an Gottes Ohr dringen. Das bestreite ich ja auch nicht."

„Sogar als Jona im fernen Meer unter Wasser und im Bauch eines Fisches Gott anrief, hat sein Gebet …"

„Schon gut, schon gut, Herr Kepler! Machen Sie es so, wie Sie es für richtig halten!"

Er wandte sich ab und murmelte im Hinausgehen: „Möge der Herr seinen Segen darauf legen!“

Als er die Kirche verlassen hatte, nahm ich meinen Zollstock und begann den Altarraum auszumessen. Alle Zahlen, auch die nötige Höhe über dem Altar, notierte ich mir.

Papa sagte: „Denk daran, auch eine Treppe zu bauen, die von vorn auf die Bühne führt. Und eine von der Seite, zur Sakristei hin. Da in der Sakristei sitze ich dann und spreche in ein Mikrofon. Den Prolog zum Beispiel. Vielleicht lese ich auch an den entsprechenden Stellen die passenden Bibeltexte.“

„Du immer mit deinem Prolog! Was ist das denn überhaupt? Ich kann mir nichts darunter vorstellen.“

„Es geht mir darum“, erklärte er, „noch vor Beginn des Stückes deutlich zu machen, was die Bedeutung des Weihnachtsgeschehens ist.“

„Aber die Geschichte muss für sich sprechen. Sie braucht keine Erklärung. Und wenn doch, dann erst hinterher.“

„Im Prinzip hast du recht, Junge. Die Geschichte sollte für sich sprechen. Aber da im Lauf der Jahrhunderte aus Weihnachten eine gefühlsüberfrachtete Tradition geworden ist, scheint es mir nötig, einen anderen Blick darauf zu werfen …“

„Und wie?“

„Ich erkläre es dir später. Ich muss mir erst Gedanken machen.“ Er nahm den Notizblock hervor, den er mitgebracht hatte, und einen Stift, und begann zu schreiben.

„Ich schaue mir inzwischen mal das Dach an“, sagte ich und ging durch die Tür, die in den Turm führte. Dort stieg ich die Wendeltreppe hinauf, vorbei an den zwei Türen, durch die man auf die Emporen gelangen konnte. Noch weiter oben führte eine niedrige Tür, eher eine Art Klappe, auf das Gewölbe über dem Kirchenschiff, über dem das morsch werdende Balkenwerk des Daches aufgerichtet war.

Ich kletterte hindurch. Ein wenig Licht, das durch kleine Gauben hereinfiel, machte eine Lampe unnötig.

Vor einiger Zeit war ich ja schon einmal hier gewesen und hatte die Baufälligkeit der Holzkonstruktion festgestellt. Heute interessierten mich noch einige Details, die ich damals nicht weiter beachtet hatte, die aber wichtig wurden, wenn ich das Dach erneuerte.

Ich kniete mich in den knöcheltiefen Staub, um die Verbindung des Daches mit dem Gemäuer des Turms zu untersuchen. Da lag tief in einer Ecke unter der Dachschräge ein dunkler Gegenstand. Ich konnte ihn nur erreichen, indem ich noch tiefer in die jahrhundertealten Ablagerungen eintauchte.

Es war eine Art Beutel, etwa so groß wie meine Faust, und anscheinend aus Leder. Dieses war aber so brüchig, dass es schon aufriss, als ich das Band aufknoten wollte, mit dem der Beutel verschlossen war.

Mir stockte der Atem. Münzen fielen heraus. Es waren nicht sehr viele, auch konnte ich im Halbdunkel und beim Zustand der verdreckten Fundstücke nicht erkennen, aus welchem Metall sie bestanden. Gold vielleicht? Oder wenigstens Silber? Jedenfalls – ich hatte einen Schatz gefunden!

Wahrscheinlich hatte irgendjemand in einer Krise – einem Krieg vielleicht – sein Vermögen hier versteckt, um es vor Dieben oder Räubern oder anderen beutegierigen Menschen in Sicherheit zu bringen. Vielleicht dachte er damals sogar, in der Kirche sei das Geld noch unter einem besonderen göttlichen Schutz. Er war gestorben, ohne einer anderen Seele sein Geheimnis verraten zu haben.

Ich pulte die Münzen, die heruntergefallen waren, aus dem Staub und wickelte den ganzen Fund in mein Taschentuch. Dann stieg ich mit einem Gefühl, als hätte ich eine Goldmine entdeckt, die Treppe wieder hinunter. Sicher, es war mir klar, dass der Wert des Fundes nicht übermäßig groß sein konnte, da erstens die Münzen vermutlich nicht älter waren als die Kirche und zweitens solche Fundstücke sowieso nicht dem Finder gehörten, sondern abgegeben werden mussten. Aber das änderte nichts an meinem Stolz auf mein Finderglück.

Wieder unten in der Kirche war es heller. Vater war genau so begeistert wie ich, als ich ihm meine Fundstücke zeigte. Wir versuchten, den Schmutz abzukratzen und den Rost – oder was auch immer das war, das verhinderte, dass man etwas auf den Münzen erkennen konnte und was dem Metall den Glanz nahm. Aber wir bekamen die Dinger nicht sauber.

Mein Vater – wie immer sorgfältig darauf bedacht, dass ich nicht den Pfad der Tugend verließ – sagte gleich: „Die musst du aber abgeben. Da gibt es sicher eine Behörde mit einem langen Namen, in dem das Wort ‚archäologisch' oder ‚Kultur' vorkommt."

„Natürlich will ich den Fund nicht behalten. Ich gebe ihn dem Pfarrer. Soll der sich darum kümmern, was damit geschieht. Er ist schließlich für die Kirche zuständig."

„32, 33, 34 Münzen sind es."

„Ich gehe gleich damit rüber ins Pfarrhaus."

„Tu das! Ich kann alleine nach Hause rollen. Es ist ja nicht weit."

So kam es, dass ich zum zweiten Mal innerhalb kurzer Zeit auf den Klingelknopf drückte, über dem „Eberle“ stand. Bald saß ich mit dem Pfarrer und seiner Frau am Tisch in der frisch gestrichenen Küche, in der allerdings die Hängeschränke an den Wänden noch fehlten. Ich legte zunächst den Kirchenschlüssel hin und schüttete dann die klimpernden Fundstücke aus meinem Taschentuch auf den Tisch. Beide blickten mit großen Augen und offenem Mund darauf, während ich erzählte, wo und wie ich den Schatz gefunden hatte.

„Großartig!“, sagte Frau Eberle. „Das ist sicher einiges wert. Das können wir gut gebrauchen.“

„Aber Anneliese!“, mahnte ihr Mann. „Wir können den Fund doch nicht behalten!“

„Ich will ihn doch nicht für uns, sondern für die Gemeindearbeit. Schließlich ist er in der Kirche gefunden worden!“

„Trotzdem! Es gibt Gesetze, die wir beachten müssen. Seid untertan der Obrigkeit, die Gewalt über euch hat, schreibt Paulus.“

„Meinst du?“

„Im Übrigen – wenn der Finder den Fund behalten dürfte, hätte Herr Kepler als Erster Anspruch darauf.“

„Ja, das stimmt.“

Ich mischte mich ein: „Es kann uns trotzdem etwas nützen, auch wenn wir alles abgeben.“

„Wieso?"

„Sie sollten dafür sorgen, dass ein Bericht darüber in die Zeitung kommt. Dann kommen vielleicht mehr Leute in die Kirche. Der Artikel sollte ein bisschen reißerisch aufgemacht sein, mit einer Überschrift, die ins Auge fällt. ‚Goldschatz unterm Kirchendach' zum Beispiel, oder ‚Münzfund nach Jahrhunderten' oder so ähnlich. Ich meine, wir sollten ruhig etwas dick auftragen, auch wenn sich der Schatz als gar nicht so wertvoll herausstellen sollte. Ohne zu lügen natürlich!", beteuerte ich, während ich den Pfarrer ansah.

„Ja", stimmte mir seine Frau zu, „und dann sollte in dem Artikel stehen, am nächsten Sonntag nach dem Gottesdienst würde ausführlich über den Fund berichtet. Dann kommen sicher viele aus Neugier."

„Aber Anneliese!", mahnte der Pfarrer. „Nach dem Gottesdienst, wo die Gemeinde gesegnet nach Hause gehen soll!"

„Im Rahmen der üblichen Bekanntmachungen."

„Wenn die Menschen aber nur aus Neugier kommen …"

„Ist doch egal, warum sie kommen – Hauptsache, sie kommen überhaupt! Und hören auf diese Weise das Evangelium."

Eberle neigte sein Haupt. „Ich weiß nicht, Anneliese …"

„Ich aber."

„Es scheint mir unangebracht, wenn ich nach der Predigt mit so einer Sache, die die Leute als Sensation empfinden …"

„Wir können ja in der Zeitung ankündigen, dass der Finder selbst davon berichtet. Herr Kepler könnte dann die Geschichte erzählen."

„Ich?", fragte ich überflüssigerweise.

„Ja, Sie, Herr Kepler!"

„Hm. Ich könnte die Gelegenheit nutzen … hm …"

„Was meinen Sie?"

„Es gibt doch dieses Bibelwort vom Schätze sammeln im Himmel. Wo der Schatz nicht von Motten und Rost gefressen wird. Wenn der damalige Besitzer dieser Münzen etwas Gutes mit dem Geld bewirkt hätte, es zum Beispiel den Armen gegeben hätte, wäre das Geld besser angelegt gewesen, als es einfach nur – wie geschehen – zu verstecken.

Genauso sollen die Leute auch ihr Geld opfern, ich meine, was sie übrig haben, statt es nur zu verstecken und aufzuheben. So könnten wir das Kirchendach finanzieren."

„Nicht so plump natürlich", lächelte Frau Eberle.

„Nein, nicht so plump. Ich meine …"

Pfarrer Eberle sagte noch einmal: „Ich weiß nicht …"

„Und du", schlug seine Frau vor, „predigst über das Gleichnis vom Schatz im Acker."

Er wusste noch immer nicht. „Meinst du?"

„Ich muss jetzt gehen", sagte ich, „und bin sicher, dass Sie die richtige Entscheidung fällen. Es ist bestimmt kein Zufall, dass wir in dieser Situation und zu diesem Zeitpunkt den Schatz gefunden haben. Zufälle gibt es ja sowieso nicht für die, die an Gottes Führung glauben. Ein Zufall – Grund, um Gott zu loben. Denn wenn was fällt, kommt es von oben."

„Ach, ein netter Spruch!", stellte Anneliese Eberle fest.

„Aber wahr!", nickte ihr Mann.

Ich ergänzte: „Ein Zitat von einem mir bekannten Dichter. Aber ehe ich gehe, Frau Eberle, helfe ich Ihnen noch, die Hängeschränke wieder anzubringen."

„O ja, danke!", sagte sie, und er bestätigte: „Das ist sehr freundlich von Ihnen, wenn Sie uns helfen."

Und das tat ich dann auch.

KAPITEL 5

„Stimmt es, du hast einen Schatz gefunden, Papa?“, begrüßte mich Klara stürmisch, als ich nach Hause kam.

„Papa hat uns davon erzählt“, lächelte Tina.

„Ja, das stimmt zwar, aber der Fund macht uns nicht zu reichen Leuten. Ich habe ihn dem Pfarrer gegeben, und der wird ihn auch ordnungsgemäß abgeben.“

„Oooch …“ Klara war enttäuscht.

Tina sagte: „Wir haben dir doch schon erklärt, Großvater und ich, dass man so einen Fund aus alter Zeit nicht behalten darf.“

„Außerdem“, ergänzte ich, „hat er sicher keinen großen Wert. Vierunddreißig Münzen, wahrscheinlich aus dem 18. Jahrhundert. Vielleicht auch noch jünger. Das ist weder ein großer materieller noch ein großer ideeller Wert.“

„Was für einer?“

„Ein ideeller. Das heißt, etwas ist nicht wertvoll, weil es zum Beispiel aus Gold, sondern weil es sehr alt ist oder sehr künstlerisch oder selten.“

„Ach so.“

„Darum bist du uns ja auch so wertvoll, weil

du so selten bist. Unsere einzige und einzigartige Tochter.“

„Ehrlich?“

„Na klar! Denkst du, ich lüge?“

„Wir haben auch etwas zu berichten“, sagte Tina. „Wir haben Mieter in dem alten Haus, oben, wo Philipp neulich auf dem Klo eingesperrt war. Flüchtlinge aus Syrien.“

„Ah – gut! Sind sie schon da?“

„Ja. Ich habe sie für heute Abend zum Essen eingeladen. Vater, Mutter, ein Sohn, vierzehn Jahre, und eine Tochter, zwölf Jahre alt. Es sind Jesiden. Sie sind schon über ein Jahr in Deutschland und sind jetzt als Asylanten anerkannt. Das bedeutet, dass sie nicht mehr im Lager sein müssen und sich eine eigne Wohnung suchen dürfen.“

Klara fügte an: „Fatma spricht sehr gut deutsch. Sie ist nett. Aber ihr Bruder Achmed auch.“

Tina sagte: „Ich mache Reis und Hühnerfleisch, damit kann ich sicher nichts verkehrt machen.“

Es zeigte sich, dass unsere Mieter freundliche Leute waren, die Schlimmes erlebt hatten und nun froh waren, wenigstens in Sicherheit zu sein. Die Eltern taten sich noch schwer mit der Sprache, bei den beiden jungen Leuten funktionierte es schon ganz gut.

Wir unterhielten uns bis zum späten Abend. Papa war auch dabei. Ali, der Vater, hatte keine

Arbeit. Ich überlegte, ob ich ihn beschäftigen könnte – wenn auch nicht für den gleichen Lohn wie Karl und Thomas, da er ja nicht für diesen Beruf ausgebildet war.

Allerdings hatten wir eigentlich nicht genug zu tun. Jetzt, nachdem die Garage fertig war, wollten wir mit einem Dach für ein Wohnhaus anfangen. Doch darüber hinaus kamen die Aufträge nur spärlich herein. Wenn wir jedoch das Kirchendach … nun, das alles musste nicht heute Abend entschieden werden.

Am folgenden Vormittag kam Papa von seiner Wohnung für unsere „Regiebesprechung", wie er es etwas großspurig ausdrückte, zu uns herübergerollt. Er kommt im Großen und Ganzen gut allein zurecht, Tina macht die Wäsche für ihn und hält die Wohnung in Ordnung und manchmal isst er auch bei uns. Meistens aber kocht er seine Mahlzeiten selbst.

Nachdem ich also die Arbeit verteilt hatte und Ali, der syrische Vater, sich fast aufgedrängt hatte, um auch helfen zu dürfen, saßen wir jetzt zu dritt im Wohnzimmer und Papa breitete einige Papiere auf dem Tisch aus.

„Um deine Frage von gestern zu beantworten, Simon: Ich stelle mir den Prolog so vor, dass ich kurz darstelle, wie die Menschen immer wieder gesucht haben nach dem Punkt, wo Himmel und

Erde in Verbindung kommen. Beim Turmbau von Babel haben sie versucht, bis in den Himmel zu gelangen – vergeblich. Dann könnte ich Jakobs Traum von der Himmelsleiter erwähnen. ‚Fürwahr, der Herr ist an dieser Stätte.' Aber das kann ich auch weglassen. Dann Moses Begegnung mit Gott am Berg Horeb. Und schließlich Gottes Zusage, im Tempel zu wohnen. Aber all diese Kontakte zwischen Mensch und Gott waren nur vorübergehend …"

„Das ist zu lang, Papa."

„Fürchte ich auch. Notfalls lasse ich das weg. Aber ich will die Sehnsucht der Menschen nach Gott deutlich machen und hoffe, dass mancher Besucher in der Kirche sich darin wiederfindet. Dann die Verheißung durch die Propheten, dass der Messias kommen soll. Dass Jesus geboren wird, dass Gott hier Mensch wird, soll als die Erfüllung großer Sehnsucht deutlich werden. Für den Schluss habe ich schon ein paar Zeilen:

Der König übers Weltenall
kommt nun herab in einen Stall!
Als Säugling dort auf Stroh zu liegen,
ist er zu uns herabgestiegen.
Wenn das kein wahres Wunder ist!
Wo sich nun Erd und Himmel küsst,
in Menschenzeit und Menschenort,

da wurde Fleisch das Gotteswort.
Gott kommt uns armen Menschen nah.
Seht nun, und hört, wie das geschah!

Dann geht das Licht an und die erste Szene beginnt."

„Hm, so einen Prolog, wie du es nennst, eine Art Vorwort, finde ich gut, als Erklärung und Einstieg. Aber sollte man das nicht viel lieber in Prosa ..."

„Finde ich nicht", meinte Tina. „Reime geben den Worten etwas Feierliches. Man hört genauer hin. Nur bei den ganz normalen Gesprächen sollte sich nichts reimen, weil das dann gekünstelt klingt."

„Das denke ich auch", nickte Papa. „Überhaupt sollen die Spieler selbst wenig sagen. Nachdem ich weiß, dass die Pfarrersfamilie Lieder vortragen kann, denke ich, dass wir davon regen Gebrauch machen sollten. Vieles kann man mit Liedern ausdrücken. Das hat dann auch den Vorteil, dass es nicht so auffällt, wenn wir Spieler mit wenig schauspielerischem Talent haben."

„Wie meinst du das?"

„Zum Beispiel müssen die Hirten oder die Weisen an der Krippe entweder gar nichts sagen oder nur wenig. Sie stehen nur still da, während gesungen wird: Ich steh an deiner Krippen hier."

„Hm, ja, das kann ich mir gut vorstellen. Das überlasse ich ganz dir. Aber lass uns jetzt mal festlegen, welche Rollen überhaupt besetzt werden müssen. Denn ich muss mich bald darum kümmern, wen wir als Mitspieler gewinnen können."

„Maria und Josef, drei oder vier Hirten, sagen wir drei, das sind fünf. Drei Weise, König Herodes – neun."

Tina fuhr fort: „Ein Engel auf dem Hirtenfeld – zehn. Und vielleicht noch der Wirt, der Maria und Joseph abweist und sie in den Stall schickt. Der kommt in jedem Krippenspiel vor. Also elf."

„Das Problem ist", sagte ich, „dass es sich fast bei allen Rollen um Männer handelt. Dabei wären Frauen sicher viel eher zum Mitspielen zu bewegen. Nur Maria ist eine Frau. Meine."

„Und der Verkündigungsengel", schlug Tina vor.

„O nein!" Mein Vater war empört. „Der Engel muss unbedingt ein Mann sein! In der Bibel sind alle Engel Männer. Das sieht man schon an den Namen: Gabriel, Michael. Am leeren Grab Jesu wird ausdrücklich geschrieben, dass die Engel wie junge Männer aussahen. Ich weiß gar nicht, woher die abwegige Idee in der Kunstgeschichte stammt, Engel immer weiblich darzustellen."

„Gut, also auch der Engel soll ein Mann sein."

„Er könnte auf der Kanzel stehen und von dort

aus, also von rechts, erhöht zu den Hirten auf dem Feld sprechen, während die Weisen und Herodes eher auf der linken Seite spielen. Natürlich muss der Engel hell angestrahlt werden."

Ich protestierte. „Was du alles beleuchten willst! Wie sollen wir das denn machen? Auf der Kanzel, zweimal auf den Emporen und natürlich auf der Bühne. Da brauchen wir professionelle Lichttechnik mit zentraler Steuerung. Das wird viel zu teuer."

Tina wandte ein: „Das Thema kommt später! Lasst uns erst mal über die Spieler nachdenken! Wenn also der Engel keine Frau sein darf – was ich unter leisem Protest so stehen lasse ..."

„Willst du etwa bestreiten, dass in der Bibel immer nur Männer ..."

„Nein. Aber ich sehe das so, dass es da nur darum geht, wie die Engel den Menschen erscheinen. Und damals galten die Frauen bekanntlich nicht viel. In Wirklichkeit aber sind die Engel geschlechtslos, weder Männer noch Frauen."

„Ja, mag sein. Aber es ist nun mal ..."

„Schon gut!", unterbrach Tina. „Ich bin ja einverstanden. Wenn also der Engel keine Frau sein soll, dann aber vielleicht der Wirt. Da kommt dann eben die Wirtin."

„Das lässt sich machen", meinte Papa. „Das wären also zwei Frauen und zehn Männer."

„Ich schlage vor, dass Sokrates und Herkules mitmachen“, meldete ich mich wieder zu Wort. „Ich habe schon mal bei ihnen vorgefühlt. Und dann fragen wir treue Kirchgänger. Notfalls macht sogar jemand aus dem Betrieb von Heinrich Wörtz mit.“

Das Telefon klingelte. Ich ging in den Flur und hob ab. „Kepler.“

„Hallo Simon! Ich bin’s, Heinrich. Ihr seid in der Zeitung! Hast du es schon gesehen?“

„Nein, ich habe sie noch nicht gelesen. Aber ich habe mit den Pfarrersleuten besprochen, was in etwa in dem Artikel drinstehen sollte.“

„Ich gratuliere dir zu dem Fund! Weißt du schon Näheres darüber?“

„Nein, so schnell geht das nicht. Übrigens – wir sitzen gerade zusammen und planen die Besetzung des Krippenspiels. Es bleibt doch dabei, dass du den Josef machst? Ich meine, dass du Josef spielst?“

„Aber sicher! Ich freue mich! Die Sache mit dem Geld habe ich schon in die Wege geleitet.“

„Vielleicht kriegen wir noch die eine oder andere weitere Spende. Am Sonntag soll ich nach dem Gottesdienst von dem Münzfund berichten. Da will ich die Gelegenheit nutzen, das Projekt Kirchendach vorzustellen. Der Pfarrer war zwar nicht gerade begeistert von der Idee, aber ich finde, dieser Schatz ist ein guter Anlass, darauf hinzuweisen, dass man sich keine Schätze auf der Erde sammeln sollte, sondern im Himmel. Wir haben ja auch darüber gesprochen."

„Ja, die Sache mit dem reichen Jüngling. Du hast recht, Schätze im Himmel. Ach, ich wollte noch fragen: Die Geschichte von dem reichen Jüngling, wo steht die?"

„Im Markusevangelium. Das ist das zweite Buch im Neuen Testament. Kapitel zehn."

„Dein Vater sagte da was vom Nachfolgen, davon, Jesus nachzufolgen. Er meinte, Nachfolge sei noch wichtiger, als alles Geld den Armen zu geben. Was ist damit gemeint? Wie geht denn so was?"

„Du kennst doch meinen Vater auch, nicht wahr?"

„Ja, sicher."

„Soll er dich mal besuchen, damit ihr in Ruhe darüber reden könnt? So von Rentner zu Rentner gewissermaßen?"

„Das ist eine gute Idee, gerne."

„Ich hole ihn mal ans Telefon, dann könnt ihr was ausmachen."

Ich rief Papa und reichte ihm den Hörer.

Am Abend des nächsten Tages trafen wir uns mit allen, die mitspielen wollten, im Gemeindehaus. Außer Heinrich und Tina, die ja als Josef und Maria schon feststanden.

Es waren sieben Männer da, obwohl ich acht gebraucht hätte, und acht Frauen, obwohl ich nur noch für eine von ihnen eine Rolle hatte. Die meisten der Anwesenden waren von Pfarrer Eberle und vor allem von seiner Frau angesprochen worden. Nur meine zwei „Griechen“ hatte ich mitgebracht und ein siebzehnjähriges Mädchen.

Ich hatte nämlich den Dachdecker Kuhn angerufen und ihm gesagt, dass er sicher auch einen Nutzen davon hätte, wenn das Krippenspiel zustande käme, da er dann das Dach decken könne. Daraus erwachse ihm die Pflicht, auch mit einem Spieler zum Zustandekommen des Stückes beizutragen. Das erwies sich auch als gar nicht weiter schwierig, denn seine siebzehnjährige Tochter Lena war ganz begeistert von der Idee.

Da mir das Problem mit den Männern größer erschien, widmete ich mich ihrer Rollenzuteilung zuerst. Die Frauen saßen währenddessen in einer Ecke und schwatzten. Während der folgenden Minuten wehten einzelne Wortfetzen zu uns herüber. „Liese wieder im Krankenhaus …“, „Ellen hat wohl einen Neuen …“, „…müssen wieder mehr für die Müllabfuhr bezahlen …“, „Erwin trennt grundsätzlich keinen Müll!“, „… die habe ich letztes Jahr über den Winter gebracht und dann blühten sie wieder …“ Ein buntes Sammelsurium von Themen.

Ich ging zu den Männern hinüber und begrüßte sie mit Handschlag. Dann stellten wir uns noch einmal gegenseitig vor, weil einige unter ihnen sich noch nicht richtig kannten. Da waren also Karl und Thomas, dann mein Zahnarzt Dr. Bauer, noch ziemlich jung, Vater und Sohn Klemenz, die mit Vornamen Hans und Felix hießen, ein Kunststudent mit Namen André und schließlich ein kleiner dicker, etwa fünfzigjähriger Bäckergehilfe namens Arthur.

„Ich gebe jetzt jedem von euch, beziehungsweise von Ihnen, einen Zettel. Darauf steht noch nicht der Text, den ihr zu sprechen habt beziehungsweise den Sie zu sprechen haben …"

„Darf ich mal unterbrechen", meldete sich mein Zahnarzt zu Wort. „Diese Art, die einen mit ‚du' und die anderen mit ‚Sie' anzureden, ist doch reichlich umständlich. Sollten wir nicht grundsätzlich zum ‚du' übergehen? Ich heiße Kurt."

„Ein guter Vorschlag. Ich bin Simon."

„Ich weiß", lächelte Kurt. „Simon Kepler, zwei Kronen links unten."

Ich teilte die Zettel aus und André, der Student, brachte die restlichen zu den Frauen hinüber.

„Wie ihr seht, steht darauf noch nicht der Text, weil der noch nicht fertig ist, sondern nur der Ablauf der fünf Szenen mit jeweils einer kurzen Inhaltsangabe. Unsere Aufgabe ist es jetzt, euch sieben auf acht Rollen zu verteilen. Wir brauchen drei Hirten, drei Weise, einen König Herodes und einen Engel. Darf ich euch bitten, jeden einzeln, mal laut und deutlich den Satz zu sprechen: Der Potsdamer Postkutscher putzt den Potsdamer Postkutschkasten, den Potsdamer Postkutschkasten putzt der Potsdamer Postkutscher. Karl, fang du mal an!"

„Hä?", sagte mein Mitarbeiter mit dem herkulischen Körperbau. „Was soll ich sagen?"

Thomas sprang ein und zitierte fast fehlerlos: „Der Potsdamer Post … Postkutscher putzte den Briefkasten, den Postkasten in Potsdam."

„Der Potsdamer Briefträger …", begann Karl.

„Nein, der Postkutscher."

„Ach so, der Postkutscher. Das stammt wohl aus der Zeit, als die Leute noch mit der Postkutsche gefahren sind."

„Ja, Postkutscher", ergänzte Arthur. „Hoch auf dem gelben Wagen …"

Ich unterbrach: „Dann sprich du doch erstmal, Arthur!"

Er kriegte es einigermaßen hin, allerdings langsam. Dann versuchten sich Vater und Sohn Klemenz.

Dr. Kurt Bauer sagte: „Hans, du lispelst etwas. Hast du oben eine Zahnlücke?"

„Nicht dass ich wüsste", gab der zur Antwort.

Ich ersparte Karl den erneuten Versuch und forderte nur noch Kurt und André auf.

„Ich danke euch! Vielleicht kommt euch diese Übung etwas albern vor, aber ich wollte mal hören, wie ihr sprecht und wie eure Stimmen klingen."

Wir saßen im Kreis auf Stühlen und ich schaute mir meine Spieler noch einmal genauer an.

„Ich schlage vor, André, du bist der Verkündigungsengel."

„Ich? Muss das nicht eine Frau sein?"

„Nein, der Autor unseres Stückes legt Wert darauf, dass die Rolle von einem Mann gespielt wird, weil Engel in der Bibel immer Männer sind."

„Okay. Aber …"

„Spricht etwas dagegen?", fragte ich, bereit, jedem Wunsch so weit wie möglich entgegenzukommen.

„Na ja, die Rolle ist ziemlich klein", murmelte er. „Nur dieser kurze Auftritt."

Kurt warf ein: „Auftritt? Engel treten nicht auf, sie schweben. Oder fliegen."

„Auch das ist nicht biblisch untermauert", sagte ich. „Aber zur Sache: Der Engel sagt zwar nicht viel, aber dafür ist das, was er zu sagen hat, besonders wichtig. Ein Engel kann ja nicht lispeln oder hüsteln oder leise und schüchtern klingen, aber auch nicht übertrieben theatralisch. Verstehst du?

Auch sind die Engel in den biblischen Berichten meist keine alten Männer, eher jung. Oder zeit- und alterslos."

„Okay, ich mach's."

„Danke. Karl dachte ich mir als einen der Hirten. Und die anderen beiden Hirten sollten Vater und Sohn Klemenz sein, Hans und Felix."

„Muss ich da viel lernen?", fragte Karl.

„Nein, Karl. Ich achte darauf, dass du die kleinste Rolle kriegst."

„Na ja, ich glaube, das mit dem Postkutscher kann ich schon."

Einige grinsten und ich sagte leicht genervt: „Das brauchst du nicht."

„Nicht?"

Ich ignorierte seinen Einwand und machte einfach weiter. „Arthur, du könntest den König Herodes spielen. Viel hat der auch nicht zu sagen."

„Könige haben meist nicht viel zu sagen", grinste André.

„Thomas und Kurt, ihr seid die Heiligen Drei Könige. Also, die Weisen aus dem Morgenland."

„Okay", sagte mein Zahnarzt, „stellen wir also zu zweit drei Personen dar. Da müssen wir aber noch tüchtig üben."

„Ich dachte mir das so", erklärte ich meinen Plan, der mir spontan eingefallen war, als ich die maskuline Unterzahl in der Gruppe der Spielbegeisterten festgestellt hatte. „In der zweiten Szene, also auf der oberen Empore, wenn ihr den Stern entdeckt und beschließt, nach Israel zu reisen, ist Felix bei euch und stellt den dritten Weisen dar. Nach dem Auftritt wird ein Lied gesungen. Währenddessen zieht Felix schnell sein Dreikönigsgewand aus und einen Hirtenkittel über und rennt runter, um in der folgenden Szene den dritten Hirten zu spielen."

„O, da muss er sich aber sehr beeilen", gab dessen Vater Hans zu bedenken. „So schnell ist er meistens nur, wenn er zum Fußball will."

„Aber dann sind wir im Folgenden nur noch zwei Weise, wenn ich richtig gezählt habe", stellte Thomas fest. „Wie ich deinen Scharfsinn kenne, Chef, hast du da auch schon dran gedacht."

„Richtig. Darum wird die Rolle von Balthasar – nehmen wir mal an, er hieß so – von einer Frau übernommen. Einer, die Felix ein bisschen ähnlich sieht. Sie zieht schnell sein Gewand an und tritt an seiner Stelle in Szene vier als Balthasar auf. Die Gruppe ist ja noch weit weg vom Publikum, oben auf der Empore hinten, da erkennt niemand die Gesichter genau."

„Aber die Stimme!", wandte Dr. Kurt ein.

„Er beziehungsweise sie sagt nichts. Es reicht, wenn die andern beiden reden. Das geht sowieso nicht anders, weil wir nicht genug Mikrofone haben. Nur drei für euch. Und in Szene vier muss das Mikro, das Felix hatte, Herodes übernehmen. Ich denke, wenn Felix in Szene zwei einiges gesagt hat, und die genau wie er gekleidete Frau in Szene vier nichts sagt, wird niemand merken, dass es sich um eine Frau handelt."

„Genialer Gedanke!", lobte mein Zahnarzt. „Du hättest einen guten Illusionisten abgegeben, der Kaninchen aus dem Hut zaubert und Jungfrauen in der Kiste zersägt."

Ich hörte, wie Karl flüsternd Thomas fragte: „Wer wird zersägt?" Doch der winkte nur ab.

Arthur schlug vor: „Gesa Müller könnte den Part übernehmen. Die sieht Felix ein bisschen ähnlich."

„Stimmt", bestätigte André, „sie hat auch so etwas Maskulines."

Kurt Bauer fragte: „Wird in der Kirche eigentlich ein richtiger Stern aufgehängt, den wir dann in Szene zwei entdecken?"

„Wir können einen Herrnhuter Stern nehmen."

„Der hat allerdings keinen Schweif. Auf den Bildern ist der Stern von Bethlehem immer ein Komet mit einem Schweif."

Thomas belehrte uns alle: „Auch das mit dem Kometen ist vielleicht nur eine Legende. Mein

Seniorchef hat darüber gelesen und wir haben uns darüber unterhalten. Die Astronomen sind da verschiedener Ansicht."

André warf ein: „Unser Regisseur müsste Ahnung haben. Wenn der Astronom Johannes Kepler sein Urururgroßvater war."

„Eine verwandtschaftliche Beziehung ist leider nicht nachzuweisen", gab ich zu.

Unbeeindruckt fuhr Thomas mit seiner Erläuterung fort: „Einige Fachleute meinen, der Stern sei ein Komet gewesen, andere halten eine Supernova für wahrscheinlich, also eine Sternexplosion.

Aber unser Autor und Seniorchef hält es mit der ältesten Deutung. Es heißt, zu der Zeit hätten zwei Planeten, ich meine, es waren Jupiter und Saturn, ganz nah beieinander gestanden, sodass sie wie ein einziger Stern erschienen. Und weil der eine für Israel stand und der andere für einen König, meinten sie, in Israel sei ein König geboren worden."

„Interessant."

„Doch nach einiger Zeit war der Stern wieder weg und sie mussten bei Herodes nachfragen, ob es einen neuen Prinzen gab. Aber dann rückten die Planeten wieder zusammen. Das hängt mit den elliptischen Bahnen zusammen und wie sie von der Erde aus erscheinen …"

„Sieh an, sieh an, ein belesener Zimmermann!“, sagte André mit leisem Spott.

Thomas knurrte: „Meinst du, Zimmerleute könnten nichts anderes als Nägel einschlagen? Kannst du das überhaupt, ohne dich auf den Daumen zu hauen?“

Ich meldete mich zu Wort, ehe Streit entstehen konnte: „Apropos Nägel – wir sollten jetzt Nägel mit Köpfen machen. Seid ihr alle mit der Rollenverteilung einverstanden?“

Alle nickten.

Ich wandte mich den Frauen zu.

„Meine Damen, entschuldigen Sie, wenn ich Ihr Gespräch unterbreche. Es geht darum, wer welche Rolle übernehmen soll. Sie sind Gesa Müller, nicht wahr?“ Ich kannte sie nicht, aber unter den anderen sieben entdeckte ich keine, die Felix auch nur entfernt ähnlich sah.

„Ja.“

„Ich hoffe, Sie sind einverstanden, wenn ich Ihnen eine Männerrolle zuteile. Sie wären dann einer der Weisen aus dem Osten. Sie brauchen auch nichts zu sagen beziehungsweise Sie dürfen sogar nichts sagen.“ Und ich erklärte ihr, was ich plante.

„Okay“, sagte sie. „Wollte schon immer mal einer von den Heiligen Drei Königen sein.“

„Danke.“ Ich kratzte mich am Ohr.

„Und nun, meine Damen, bin ich in Verlegenheit. Es ist nur noch eine Frauenrolle übrig, nämlich die Wirtin von Bethlehem. Maria ist ja schon vergeben."

„An Josef", grinste eine.

„Es bleiben also sechs Spielerinnen, für die ich keine Rolle habe. Es tut mir leid …"

„Können wir nicht die Engelchöre darstellen? Die Menge der himmlischen Heerscharen, die sangen: ‚Ehre sei Gott in der Höhe …'" Diejenige, die diesen Vorschlag machte, war eine ungewöhnlich korpulente Frau um die sechzig. Ich hatte Mühe, mir vorzustellen, wie sie singend am Himmel schwebte.

„Das ist ziemlich schwierig darzustellen", sagte ich. „Und diese Worte der Engelschar: Ehre sei Gott in der Höhe und Friede auf Erden bei den Menschen seines Wohlgefallens, die werden von einem Gesangsquartett der Familie Eberle vorgetragen."

Eine andere Frau, ich kannte ihr Gesicht von Gottesdienstbesuchen und meinte mich zu erinnern, dass sie die Frau von Arthur ist, sagte: „Wir könnten doch einfach Frauen aus Bethlehem sein. Es heißt doch in dem Lied: ‚Kommet, ihr Hirten, ihr Männer und Frau'n …' Wir kommen einfach alle, um das liebliche Kindlein zu schau'n."

Mein Vater hatte zwar keine solche Szene vorgesehen, aber vielleicht könnten wir diese am Schluss noch einbauen, dachte ich. Und vielleicht könnten die „überflüssigen“ Frauen sich nützlich machen, indem sie in der ersten Szene auf der Bühne hin und her laufen, um die Überfüllung Bethlehems während der Volkszählung anzudeuten. Aber das musste ich erst noch in Ruhe überdenken.

„Gut“, sagte ich, „darüber sprechen wir dann beim nächsten Treffen ausführlicher. Ich würde nur gern die Gastwirtstochter mit Lena Kuhn besetzen. Sie sind dann fürs Erste entlassen, ich danke Ihnen. Wenn ich mit Lena ihre Rolle bespreche, brauchen Sie ja nicht alle dabei zu sein.“

Unter allgemeinem Gemurmel löste sich die Versammlung auf. Ich wies noch einmal laut auf den Termin hin, an dem wir uns wieder treffen wollten.

Dass ich Lena allein sprechen wollte, hatte seinen Grund. Da ich ihren Vater, den Dachdecker, extra gebeten hatte, und Lena auch begeistert war, musste ich ihr nun dementsprechend eine richtige Rolle geben. Aber ich musste ihre Erwartungen dämpfen.

„Lena“, sagte ich leise – wir saßen in einer Ecke des Saales – „du weißt ja, dass die Frauen in Israel damals sehr züchtig gekleidet waren. Du musst dann also ein langes, vielleicht auch weites Gewand anziehen. Und das auffällige Schminken ist vielleicht auch nicht so passend …“

„Aber Herr Kepler! Sie werden mich doch nicht in so einen Sack stecken wollen! Bin ich etwa hässlich, dass ich meine Beine verstecken müsste?"

„Nein, natürlich nicht! Aber darum geht es nicht. Es geht darum, die Rolle glaubwürdig zu spielen. So wie die Frauen damals …"

„Ich weiß schon, Sie sind auch einer von den frauenfeindlichen Frommen, die meinen, in der Kirche …"

„Hör mir doch zu, Lena! Nicht in der Kirche, sondern im alten Israel, darum geht es! Da hat man sich nicht aufreizend gekleidet."

„Aufreizend?" Sie schmollte. „Ich will mal Model werden und dachte, dies könnte mein Start für meine Karriere sein. Aber wenn ich da in so einem altmodischen Sack rumlaufen muss …"

„Glaub mir, Lena, dieses Krippenspiel wird kein Start in eine Modelkarriere werden. Ganz bestimmt nicht! Willst du die Rolle trotzdem oder soll ich doch eine andere Spielerin einsetzen? Überleg es dir und sag es ehrlich."

Sie brummte schmollend: „Nee. Ich mache es. Und ich ziehe mich wie eine Nonne oder so an, wenn Sie es wollen."

„Gut, dann ist ja alles klar. Grüß deinen Papa von mir!"

KAPITEL 6

Am folgenden Sonntag war der letzte Gottesdienst, der in der Kirche stattfinden sollte, danach wurde der Gottesdienst den Winter über im Gemeindehaus gefeiert, da das wesentlich billiger zu heizen war.

Als wir unsere Kirche betraten – unsere ganze Familie mit dem Großvater im Rollstuhl, Sohn und Schwiegertochter und zwei Enkeln – staunten wir nicht schlecht. Während sonst meistens circa acht bis zehn, im günstigsten Fall auch 15 Gottesdienstbesucher verstreut in den vorderen Reihen sitzen, waren es dieses Mal nach meiner groben Schätzung etwa 80 bis 90. Die wirkten in der großen Kirche zwar immer noch ziemlich verloren, aber es waren doch immerhin zehnmal so viele wie üblich.

Ganz klar – das kam durch den Zeitungsartikel. Die Leute wollten hören, was es mit dem Schatzfund auf sich hatte. Sogar Heinrich Wörtz war da, wie ich mit einem kurzen Seitenblick feststellte.

Wir rutschten alle nacheinander in eine der Bänke vorne rechts. Aber nicht wie die Orgelpfeifen geordnet, denn den kleinen Philipp mussten wir zwischen uns nehmen, um ein Auge auf ihn zu haben und ihn ablenken zu können, wenn seine Geduld vermutlich nach zehn Minuten erschöpft sein würde. Er wollte aber unbedingt mit in die Kirche kommen, als er erfahren hatte, dass sein Papa dort etwas erzählen sollte. Mein Vater parkte mit seinem Rollstuhl neben uns im Seitengang.

Frau Eberle kam an unserer Bankreihe vorbei, beugte sich herüber und flüsterte mir zu: „Wir haben gestern Abend noch einen Anruf erhalten. Sehr wertvoll scheinen die Münzen nicht zu sein, dafür sind sie nicht selten genug. Aber die wollen sie trotzdem säubern und in einem Museum ausstellen."

„Schade."

„Nur dass Sie das wissen, wenn Sie nachher davon berichten."

„Die Leute werden auch enttäuscht sein. So ein gefundener Schatz ist doch eine schöne Geschichte. Aber sie ist nicht mehr ganz so schön, wenn der gefundene Schatz gar kein Schatz ist."

Papa, der neben mir unser Geflüster gehört hatte, meinte: „Du brauchst ja nicht zu sagen, dass der Fund in finanzieller Hinsicht eher unspektakulär war. Sag einfach gar nichts über den Wert!"

Ich nickte und Frau Eberle ging nach vorn, wo sie in der zweiten Reihe direkt am Mittelgang ihren Stammplatz hatte. Das war wohl ein Kompromiss: Sie wollte einerseits, dass sich die Besucher möglichst weit nach vorne setzten, und dabei mit gutem Beispiel vorangehen. Andererseits ahnte sie, dass sich die Leute das Maul zerreißen und ihr nachsagen würden, sie hielte sich für besonders wichtig, wenn sie in der ersten Reihe säße.

Die Orgel setzte ein und wir erlebten einen Gottesdienst, der – oder war das nur mein Eindruck? – lebendiger war als üblich. Vielleicht weil die größere Besucherzahl den Pfarrer zu mehr Temperament herausforderte? Er predigte über den Schatz im Acker und erklärte seinen Zuhörern, was dieses Gleichnis bedeutet. Das tat er, wie ich fand, verständlicher als sonst, wenn auch nach wie vor in einer Sprache und Ausdrucksweise, die etwa dem Alter der gefundenen Münzen entsprach.

An der Stelle, wo gewöhnlich die Bekanntmachungen verlesen wurden, kam ich dran.

Ich stand auf, trat ans Mikrofon am Lesepult und berichtete von meinem Fund. Um ehrlich zu sein: Ich übertrieb ein wenig. Ich log nicht, aber ich schilderte die Ereignisse in einer Dramatik, die ich dabei gar nicht so empfunden hatte. So sehe ich es zumindest jetzt. Doch während des Erzählens fand ich meinen Bericht nicht übertrieben. Wenn einem achtzig Augenpaare an den Lippen hängen und auf einen faszinierenden Bericht warten, glaubt man selbst, dass die Geschehnisse großartig waren, von denen man zu erzählen hat. Da kommt die Dramatik fast von allein.

Außerdem hatte ich ja einen guten Grund, die Zuhörer mit einer tollen Story zu fesseln, denn der Bericht sollte die Basis sein, auf der ich den nachfolgenden Appell aufbauen wollte.

„Jener Mensch, der sein Vermögen da oben im Dachstuhl verborgen hat", sagte ich, „dachte, wie wohl die meisten von uns denken: Wir wollen sichern, was wir haben, um später darauf zurückgreifen zu können. Sicherheit ist uns wichtig und wir meinen, ein Schatz verspricht uns diese. Aber dem unbekannten Vorbesitzer dieser Münzen hat sein Verhalten nichts genützt. Genauso, wie es auch dem Menschen in dem biblischen Gleichnis nicht genützt hat, dass er seinen Schatz im Acker vergrub. Darum sagte Jesus: Sammelt euch nicht Schätze auf Erden … Moment, ich lese es wörtlich vor, wie es in Matthäus 6, Vers 19 steht. ‚Ihr sollt euch nicht Schätze sammeln auf Erden, wo sie die Motten und der Rost fressen und wo die Diebe einbrechen und stehlen. Sammelt euch aber Schätze im Himmel, wo sie weder Motten noch Rost fressen!' Wer also von seinem Geld etwas für eine gute Sache abgibt, ein gottgewolltes Projekt, also etwa für ‚Brot für die Welt' oder für ein neues Kirchendach oder etwas Ähnliches, der zahlt damit gewissermaßen auf ein himmlisches Konto ein.

Sicher, unser Fund ist nicht ganz so treffend als Beispiel für diese Wahrheit, da die entdeckten Münzen, wenn auch verrostet, immer noch einen Wert haben. Aber der ursprüngliche Besitzer hatte nichts mehr davon. Darum meine ich, dass wir daraus lernen sollten, nicht Schätze auf Erden zu sammeln, wo sie Rotten und Most fressen, sondern im Himmel …"

Ich war etwas irritiert, weil Tina so merkwürdige Bewegungen mit den Armen machte. Das ärgerte mich besonders, weil ich eben im Begriff war, meine Rede mit einem zupackenden Schlusssatz zu beenden. Nun hielt ich inne und blickte Tina verwirrt an. Aber sie fuchtelte nur mit den Armen und verdrehte sie, als wollte sie eine Schnur aufwickeln. Ich konnte diese Geste nicht deuten, merkte aber, dass einige Leute grinsten.

Da rief meine Tochter Klara: „Most kann man doch nicht fressen, Papa!"

Ich begriff immer noch nicht.

Da flüsterte Frau Eberle mir zu – gut, dass sie so weit vorne saß: „Statt Motten und Rost haben Sie Rotten und Most gesagt."

„Ach so." Ich bekam einen roten Kopf. „Entschuldigen Sie! Ich meinte natürlich: Wir sollten uns Schätze im Himmel sammeln, wo sie weder von …" – ich hielt kurz inne, um mich nicht noch einmal zu versprechen – „… Motten noch Rost vernichtet werden."

Schnell setzte ich mich wieder hin und vergrub das Gesicht in den Händen. Das kommt davon, dachte ich, wenn einer predigen will, der nicht dazu berufen ist! Was hatte mich überhaupt geritten, den Leuten so ins Gewissen reden zu wollen? Tina legte ihre Hand auf meine. Das tat mir gut.

Als wir nach dem Gottesdienst noch den einen oder anderen grüßten, sprach mich niemand auf den Vorfall an. Das erstaunte mich und beruhigte mich ein wenig. Allerdings hatte ich den Eindruck, dass bei einigen die Grenze zwischen Lächeln und Grinsen eher fließend verlief.

Nach dem Mittagessen saß Papa noch mit Tina und mir zusammen. Ich berichtete von meinem Gespräch mit den Laienschauspielern. Papa versprach, meine Pläne bei der Abfassung der Texte zu berücksichtigen. Balthasar sollte nur beim ersten Auftritt etwas sagen, Karl sollte als Hirte möglichst wenig Text bekommen und der Wirt der Herberge sollte eine Wirtin sein.

In den nächsten Tagen, wenn er alles fertig geschrieben hätte, wollte er alle Texte gemeinsam mit uns durchgehen.

„Ein großes Problem haben wir noch", sagte

ich. „Das Licht. Du willst immer den Kirchenraum dunkel haben und nur die Szene, die gerade wichtig ist, soll angestrahlt werden. Das heißt Scheinwerfer an vier Punkten: Die Bühne, die Kanzel und je einer auf den beiden Emporen."

„Richtig. Und du meinst, das wird schwierig?"

„Allerdings! Wo sollen wir die Scheinwerfer hernehmen? Und wo sie anbringen? Und vor allem muss das alles von einer zentralen Stelle aus gesteuert werden. Damit das richtige Licht zur richtigen Zeit angeht."

„Hm."

„Ich habe die zwei hellen Strahler, die wir manchmal benutzen, wenn wir noch bei Dunkelheit auf irgendwelchen Dächern arbeiten. Aber wie stellen wir die auf?"

Tina mischte sich ein: „Und macht mir bitte keinen Pfusch! Womöglich dass irgendein Spieler erst einen Stecker reinstecken muss. Am Ende kriegt einer einen Schlag!"

„Oder es gibt einen Kurzschluss und die ganze Kirche liegt im Dunkeln", spann ich den Faden weiter, „und es bricht eine Panik aus …"

„Nein", meinte mein Vater, „da muss ein Fachmann ran. Vielleicht kann Heinrich Wörtz seinen Betriebselektriker schicken. Ich treffe Heinrich heute Abend, da werde ich ihn fragen."

„Gute Idee!", nickte ich. „Hoffentlich findet

Heinrich die Bitte nicht unverschämt, wo er schon so viel Geld gibt."

„Sicher nicht."

„Ich wollte ihn eigentlich heute Morgen als Beispiel hinstellen für jemanden, der sich Schätze im Himmel statt auf der Erde sammelt. Aber das hat er mir ausdrücklich verboten."

Tina sagte mit todernster Miene: „Als jemand, der sein Vermögen nicht von Rotten und Most fressen lässt."

„Ich habe den Eindruck", sagte Papa, „Heinrich ist das ‚Komm und folge mir nach' wichtiger als das ‚Verkaufe alles und gib es den Armen'."

„Womit er ja auch nicht unrecht hat."

Am Nachmittag wollte ich noch einmal mit Zollstock und Zeichenblock in die Kirche gehen, um einige Vorbereitungen für den Bau der Bühne zu treffen. Ich vermeide es ja, wann immer es mir möglich ist, am Sonntag zu arbeiten. Aber erstens handelte es sich hier im weiteren Sinn um ein Werk des Herrn, zweitens empfand ich es nicht als Arbeit, sondern eher als Vergnügen, und drittens vermied ich es, mit Balken und Brettern für jedermann sichtbar durch die Stadt zu fahren oder zu laufen. Meiner Meinung nach war mein

Tun mit diesen drei Argumenten ausreichend gerechtfertigt.

Pfarrer Eberle hatte mir einen Kirchenschlüssel gegeben, damit ich es mit meinen Vorbereitungen für das Krippenspiel einfacher hatte. Der Schlüssel hing aber nicht in unserem Flur am Schlüsselbrett. Ich suchte in den Taschen der Hose, die ich gestern getragen hatte – nichts!

Wo konnte er sein? Ob ich ihn in der Kirche gelassen hatte? Dann würde er jetzt unerreichbar dort liegen, da der Küster sicher nach dem Gottesdienst abgeschlossen hatte.

„Tina, hast du den Kirchenschlüssel?"

„Ich? Wie käme ich dazu!"

Also machte ich mich ohne Schlüssel auf den Weg. Notfalls würde ich beim Küster klingeln müssen.

Als ich ins Auto steigen wollte, bemerkte ich Achmed, den vierzehnjährigen Sohn der syrischen Flüchtlinge, wie er gelangweilt mit einem Holzklötzchen Fußball spielte. „Willst du mitkommen, Achmed?" Er fragte gar nicht, was ich vorhätte, sondern nickte nur freudig und stieg ein.

Seltsam – die Kirchentür war unverschlossen. Als ich die dicke eiserne Klinke drückte und zog, öffnete sich die schwere, mit Schnitzereien verzierte Tür effektvoll knarrend.

Ich ging hinein und sah mich um, ob vielleicht

jemand sauber machte oder ob jemand auf der Orgel üben wollte. Doch niemand war zu sehen oder zu hören. Ich war mit Achmed allein.

Während ich mir eine genaue Zeichnung machte, wie die Bühne gestaltet sein musste, fiel mir etwas auf. Über dem Altar gab es einen großen Leuchter. Er hatte gut zwei Meter Durchmesser, war aus Messing mit allerlei Verzierungen und auf dem äußeren Ring saßen zweiunddreißig Kerzen. Das heißt, zurzeit waren es nur Kerzenstummel. Als die Elektrifizierung auch in den Kirchen Einzug hielt, hatte sich scheinbar niemand die Mühe gemacht, auch diese Kerzen durch Glühbirnen zu ersetzen. Wahrscheinlich wäre das zu aufwendig gewesen, zumal der Leuchter ohnehin nie für den Zweck benutzt wurde, für den er ursprünglich geschaffen und dort aufgehängt worden war.

Wenn der Boden unserer Bühne etwa 1,80 Meter hoch war, damit er sich ausreichend hoch über dem Altar befand, und dann die Schauspieler darauf umherliefen, würden sie mit Brust und Kopf an den Leuchter stoßen. Um den Lichterkranz drum herumgehen war natürlich auch keine Lösung. Der riesige, ehemals golden glänzende, nun aber schmutzig und stumpf gewordene Ring störte. Er musste weg!

Ich begutachtete die Konstruktion. Von der Mitte des Leuchters führte ein dickes Tau nach oben und verschwand in einem Loch im Gewölbe über dem Altarraum. Wahrscheinlich war dort oben eine Vorrichtung, mit der man den Kronleuchter hochziehen oder hinunterlassen konnte. Das musste ich untersuchen.

Wir gingen beide durch die Tür zum Turm und begannen die enge Wendeltreppe emporzusteigen.

Achmed tippte mich von hinten an. Ich drehte mich um. Er stand still da und hob den Zeigefinger. „Hörst du?"

Tatsächlich – jetzt hörte ich es auch. Leise Stimmen und eine Art Jammern. Es kam von oben.

Wir vergaßen unsere Suche nach der Aufhängung des Leuchters und stiegen weiter hinauf. Oben angekommen, stellten wir fest, dass die niedrige Tür, die zum Dachboden führte, offen stand. Von dort kamen auch die Geräusche.

Ich kroch hindurch, Achmed folgte, und dann sahen wir sie: Weiter hinten saß ein Junge im Dreck auf dem Boden und stöhnte. Ein anderer Junge stand daneben und tat nichts.

„Was macht ihr denn hier?", rief ich und ging hinüber. „Wer seid ihr? Was ist hier los?"

Der stehende Junge sah erschrocken auf und blickte sich nervös um, als suche er einen Fluchtweg. Dann blieb er aber doch wie erstarrt stehen, als ihm klar wurde, dass wir ihm den einzigen Weg nach draußen verstellten.

„Ich … wir …“ Weiter kam er nicht.

Das „Ah! Au! Mist!“ des anderen hatte auch keinen größeren Informationsgehalt.

„He! Raus mit der Sprache!“, forderte ich streng. Ich stand nun vor den beiden.

„Wir … wir wollten hier nach einem Schatz suchen“, murmelte der Stehende. Und der Sitzende erklärte: „Wir haben gedacht, wo ein Schatz ist, kann ja auch noch ein zweiter sein.“

„So ein Unsinn!“, schimpfte ich.

„Wir hätten auch fast einen gefunden.“

„Was soll das heißen: fast einen gefunden? Entweder habt ihr einen oder nicht!“

„Da oben!“ Der unverletzte Junge zeigte auf einen der höherliegenden Querbalken. Da war tatsächlich schemenhaft etwa Dunkles zu sehen, das dem Säckchen mit den Münzen, das ich gefunden hatte, ähnelte.

„Ich gucken!“, sagte Achmed und kletterte mit erstaunlichem Geschick hinauf.

„Nein, Achmed! Bleib hier! Das ist gefährlich!“

Aber er hörte nicht auf mich und war im Nu oben. Vielleicht sollte ich ihn später als Lehrling anstellen. Schon kam er wieder heruntergeklettert.

„Und? Ist es ein Schatz?“

„Nein, nicht Schatz. Nur … äh … Wohnung von Vogel.“ Er flatterte zur weiteren Erklärung mit den Armen, als könnte er selbst fliegen.

„Ein Nest."

„Ja. Nest."

„Verstehe." Zu den zwei Jungen sagte ich: „Ihr wolltet da raufklettern und dabei bist du runtergefallen."

Beide nickten verschämt.

„Mein Fuß tut schrecklich weh!", jammerte der eine.

„Zeig mal!" Ich fasste vorsichtig sein Fußgelenk. Er schrie auf.

„Das kann gebrochen sein. Vielleicht aber auch nur verstaucht. Der Fuß muss auf jeden Fall geröntgt werden. Komm hoch! Stütz dich auf mich, ich helfe dir."

Ich zog ihn hoch, was ihm wieder einige Schmerzenslaute entlockte, und dann gingen beziehungsweise humpelten wir Richtung Treppe, ich links und Achmed rechts von unserem Patienten. Der andere schlurfte betreten hinterher.

Die enge Wendeltreppe erwies sich als das schwierigste Stück des Weges. Aber nach einigen Minuten war auch das geschafft und wir humpelten durch die Kirche zum Ausgang.

Als wir im Freien standen, huschte plötzlich der andere Junge an uns vorbei und rannte los. Anscheinend hatte er schon die ganze Zeit die Flucht ergreifen wollen, aber der Weg war ihm auf der Turmtreppe und in der Kirche durch unseren Krankentransport versperrt gewesen.

Aber so einfach sollte er mir nicht davonkommen!

„Halte ihn, Achmed!"

Der Vierzehnjährige war schneller als der Flüchtende. Etwa vierhundert Meter brauchte er, dann hatte er ihn eingeholt. Er packte ihn und zerrte ihn zurück.

Eine ältere Frau, die gerade vorbeiging, blieb stehen und sah dem Geschehen zu. Sie schüttelte erregt den Kopf und schimpfte: „So weit sind wir also schon, dass die Flüchtlinge hier unsere Kinder verfolgen! Sehen Sie!", sagte sie zu mir. „Der Bursche quält den armen Jungen! Was hat der ihm denn getan? Haben Sie kein Handy? Rufen Sie doch die Polizei!"

„Nein, nein, die Dinge liegen anders!", versuchte ich sie zu beruhigen. „Der Junge hier ist in die Kirche eingebrochen und jetzt will er sich einfach aus dem Staub machen."

„Eingebrochen? So ein netter kleiner Junge? Das glauben Sie doch selbst nicht! Sie sind wohl auch einer von diesen linken Multikulti-Freunden?"

Der verletzte Junge fühlte sich wohl verpflichtet, seinem Retter beizustehen. „Es stimmt, Frau Lohmann", – aha, er kannte sie also – „wir haben in der Kirche einen Schatz gesucht."

„So? Ja, aber trotzdem …!“ Sie wandte sich ab und ging weiter.

Dieser Satz lässt das Adrenalin immer schlagartig bei mir steigen. Schon seit meiner Kindheit. Meine kleine Schwester, die inzwischen im Saarland glücklich verheiratet ist, hat ihn immer gebraucht, wenn sie überführt war und kein Gegenargument mehr hatte, aber ihre Meinung dennoch partout nicht ändern wollte. „Ja, aber trotzdem …“

Achmed war mit seinem Fang inzwischen wieder bei uns angekommen.

„Wie heißt du?“, fragte ich.

„Dennis.“

„Und weiter?“

„Dennis Kaminski.“

„Und dein Freund?“

Der antwortete selbst. „Alexander. Alexander Frey.“

„So“, sagte ich, „Alexander, dich bringe ich jetzt mit dem Auto ins Krankenhaus, damit sie deinen Fuß röntgen. Und du, Dennis, gehst zu Alexanders Eltern. Weißt du, wo die wohnen?“

„Ja, drei Häuser weiter in unsrer Straße.“

„Du sagst ihnen, was passiert ist. Sie sollen ins Krankenhaus kommen. Entweder um ihren Sprössling abzuholen, oder …“

„Wen?“

„Ihren Sohn. Oder um ihm eine Zahnbürste zu bringen, wenn er dableiben muss."

„Wozu denn eine Zahnbürste?"

„Frag nicht so dämlich! Sicher nicht zum Schuhe putzen."

„Ach so."

„Die Eltern Kaminski werden schon wissen, was zu tun ist. Und nun lauf!"

Dennis rannte los. Als er dabei Frau Lohmann überholte, blieb die erstaunt stehen, blickte ihm nach, drehte sich zu uns um und ging dann kopfschüttelnd weiter.

Wir verfrachteten Alexander in mein Auto und fuhren los.

„Wie alt bist du, Alexander?", fragte ich.

„Elf."

„Tut's noch weh?"

„Ziemlich."

„Erzähle mal – wie ist das passiert?"

„Wir haben erst unten in den Ecken gesucht. Nach dem Schatz. Aber da war keiner. Und dann haben wir oben auf dem Balken was gesehen."

„Das Schwalbennest. Oder was es sonst für ein Vogel war."

„Aber so sind wir nicht rangekommen. Da bin ich – es gibt da an der Seite eine Leiter."

„Ich weiß. Die ist dafür da, dass man das kleine Fenster öffnen oder schließen kann. Oder putzen.

Was aber bestimmt seit der Völkerschlacht bei Leipzig niemand mehr gemacht hat."

„Da ist an der Seite so ein Geländer. Ich hab versucht, von da auf den Balken zu kommen. Es war aber zu weit weg. Da bin ich auf das Geländer gestiegen, damit ich höher komme. Da ist nämlich so ein Geländer, wahrscheinlich, dass man nicht von der Leiter fällt. Aber wie ich da draufstand, ist das doofe Ding gekracht."

„Das Ding war nicht doof. Doof sind nur die Menschen, die ihre Fehler auf irgendwelche toten Dinge schieben, die sich nicht wehren können."

„Wie meinen Sie das?"

„Vergiss es! Und da bist du abgestürzt?"

„Ja. Es tut saumäßig weh."

„Und doof war auch die Überlegung, wo ein Schatz gefunden wurde, müsste noch ein zweiter sein."

„Meinen Sie?"

„Ja, meine ich. Wie seid ihr überhaupt in die Kirche gekommen?"

„Mit einem Schlüssel."

„Woher hattet ihr den denn?"

„Ach, das … das ist unser Geheimnis."

„Das war vielleicht bis jetzt euer Geheimnis. Aber nun wirst du es wohl verraten müssen, sonst bleibt mir nichts anderes übrig, als die Polizei einzuschalten."

„Ich hab aber versprochen, dass ich es niemandem sage!“

„Das nützt dir nichts! Also – woher?“

Alexander zögerte noch immer. Achmed gab ihm nach einigen Augenblicken von hinten einen Stoß, um ihn unmissverständlich daran zu erinnern, dass seine Antwort noch ausstand.

„Da ist ein Mädchen. In der Klasse unter uns. Dennis und ich sind in einer Klasse.“

„Und? Weiter!“

„Sie hat auf dem Schulhof mitgekriegt, dass wir in die Kirche wollten. Wegen dem Schatz. Da hat sie gesagt, sie kann uns den Schlüssel besorgen. Wenn wir ihr die Hälfte von dem Schatz geben.“

„Falls ihr einen findet.“

„Ja. Aber die Hälfte – das wollten wir nicht. Wir haben verhandelt und uns dann geeinigt, wir kaufen ihr eine Woche lang jeden Tag in der Pause ein Mars.“

„Aha.“

„Und wenn wir einen Schatz finden, dann noch dazu eine Cola.“

„Tüchtige Geschäftsleute! Und wie heißt das Mädchen?“

„Klara.“

Es durchzuckte mich, als hätte mich ein Blitz getroffen. Ehrlich gesagt, hätte ich eigentlich längst darauf kommen können. Aber dass meine eigene Tochter zu so einem Gaunerstück fähig sein könnte, hatte ich mir wohl nicht vorstellen können, und deshalb war mir die tatsächliche Lösung gar nicht in den Sinn gekommen. Meine Klara!

Sicherheitshalber fragte ich, nachdem sich meine Erregung etwas zu legen begann: „Gibt es mehrere Klaras in eurer Schule?"

„Nein. Höchstens noch bei den ganz Kleinen. Das weiß ich nicht so genau."

„Und diese Klara mit dem Schlüssel ist zehn Jahre alt?"

„Muss sie wohl. Weil sie eine Klasse unter uns ist und wir sind elf, Dennis und ich. Es könnte höchstens sein, dass sie auch elf ist und mal sitzen geblieben ist."

Das ist sie glücklicherweise nicht, dachte ich. Das war aber das Einzige an der Geschichte, was man erfreulich nennen konnte.

Mein Blick wanderte in den Rückspiegel, in dem ich Achmeds grinsendes Gesicht entdeckte. Als er merkte, dass ich ihn sah, wurde seine Miene schlagartig ernst.

Ich lieferte Alexander im Krankenhaus ab. Nachdem ich alles Nötige in die Wege geleitet hatte, fuhr ich mit Achmed zurück.

Erst auf der halben Strecke fiel mir ein, dass ich die Kirche gar nicht abgeschlossen hatte. Ich hatte noch nicht einmal gefragt, wer von den beiden Bengeln jetzt den Schlüssel hatte.

Aber nun hatte ich keine Lust, mich weiter darum zu kümmern. Das konnte ich später nachholen. Jetzt wollte ich mich erst einmal ins Gemeindehaus begeben, wo mein Vater mit einigen Spielern ihre Szenen einstudieren wollte. Dort würde ich dann den Pfarrer oder den Küster bitten, die Kirche abzuschließen. Bis dahin würden vermutlich keine weiteren Schatzsucher die Kirche beehren.

Aber anschließend, zu Hause, würde ich mir meine Tochter vornehmen.

KAPITEL 7

Vor dem Gemeindehaus setzte ich Achmed ab. Er lief von dort nach Hause und ich ging hinein.

Anscheinend hatte Papa den Spielern schon vor einigen Tagen die Texte zukommen lassen, und die hatten sie – hochmotiviert – bereits weitgehend auswendig gelernt. Jedenfalls lief die zweite Szene schon zum zweiten Mal, als ich etwas verspätet den Saal betrat.

Die drei Weisen standen hinter einer gedachten Brüstung, die aus einer Stuhlreihe bestand, und schauten angestrengt schräg nach oben. Felix deutete dabei theatralisch mit dem Finger zur Deckenlampe hinauf. Thomas hielt sich ein Rohr aus Pappe vor das rechte Auge. Auf dem Rohr war beim letzten Gemeindefest die Papiertischdecke aufgerollt gewesen.

„Ich finde das albern!“, sagte Dr. Kurt Bauer, mein Zahnarzt.

„Was?“, fragte mein Vater.

„Das mit dem Fernrohr. So was gab's doch damals noch gar nicht. Die erste Himmelsbeobachtung mit einem Fernrohr hat meines Wissens Galileo Galilei gemacht, sechzehnhundert irgendwann."

„Aber", murmelte Thomas, mein Sokrates, „man kann auch ohne Linsen einen Stern durch ein Rohr besser sehen, weil dann alle anderen störenden Lichter ausgeblendet sind und man sich besser auf den einen Stern konzentrieren kann."

„Mag sein, aber ob die babylonischen Astronomen schon diese Technik benutzt haben …"

„So genau wissen wir das nicht", meinte der Regisseur und Autor. „Für die meisten Menschen muss ein Sternbeobachter durch ein Rohr gucken. Also wollen wir ihre Erwartungen nicht enttäuschen."

Mein Zahnarzt knurrte: „Das ist, als wenn man eine Zahnbehandlung im alten Ägypten zur Zeit von Ramses II mit elektrischem Bohrer und Amalgamfüllung darstellen würde! Anachronistisch! Aber bitte – meinetwegen."

„Also, können wir? Felix, bitte!"

Der gespielte Balthasar begann: „Eine ganz ungewöhnliche Erscheinung, mit der uns die Götter sicher etwas sagen wollen."

„Und zwar, dass ein besonderer König geboren wurde", bestätigte Kurt alias Melchior.

Kaspar, dargestellt von unserem Thomas, ergänzte: „Im Volk Israel. Und wenn das stimmt, dann ist es nicht eine Botschaft unserer alten Götter, sondern dann gibt uns der Gott Israels ein Zeichen. Die Juden legen Wert darauf, dass es nur einen Gott gibt. Er soll Himmel und Erde geschaffen haben."

Melchior sagte: „Du hast die Schriften der Israeliten studiert, nicht wahr? All die Schriften, die in unseren Bibliotheken lagen, seit das Volk damals für siebzig Jahre hier war. In der Zeit, die sie die babylonische Gefangenschaft nennen."

„Ja, ich kenne die … die … äh, was war das noch, Chef?", fragte Thomas.

„Die Lehren und Überlieferungen", half ihm mein Vater weiter.

„Ach ja. Ich kenne die Lehren und Überlieferungen Israels. Sie erwarten einen besonderen König, den sie Messias nennen, den Gesalbten. Darum wundere ich mich über das Sternbild, den Hinweis auf einen neuen König am Himmel. Denn ihnen ist es verboten, nach den Geheimnissen der Sterne zu forschen. Astrologie ist bei ihnen eine schwere Sünde. Wie kann dann der Gott, der dies verboten hat, uns nun ausgerechnet durch ein Zeichen in den Sternen von der Ankunft dieses Messias Kenntnis geben?"

Ich fand, dass längere Abschnitte bei Thomas noch etwas geleiert klangen. Aber ich mischte mich nicht ein.

„Nun", erwiderte Balthasar alias Felix, „sicher darum, weil wir diese Sprache besonders gut verstehen. Er spricht mit uns auf die Art und Weise, die wir gewohnt sind. Anders wäre es viel schwerer, seine Botschaft wahrzunehmen."

„Das ist möglich", bestätigte Kaspar. Und Melchior ergänzte: „Wenn das stimmt, muss der Gott Israels – oder der Gott der ganzen Welt – ein besonderes Interesse an uns haben."

„Er wird wohl an allen Menschen ein großes Interesse haben, wenn er sie geschaffen hat."

Kaspar sagte das, und dann trat Balthasar einen Schritt vor, bis an die Stuhllehnen, und zitierte:

„Gott spricht in unsrer Sprache.
Sein Wort und seine Sache
sind zu verstehen.
Er möchte uns gewinnen,
damit auch wir beginnen,
mit ihm zu gehen."

Dann kam Melchior nach vorn, während Balthasar zurücktrat, und sagte:

„Gott spricht in unsern Worten,
damit an allen Orten
es jeder hört.
Damit in allen Ländern,
wer willig, sich zu ändern,
sich zu ihm kehrt."

Nun war Kaspar dran.

„Gott zeigt in unsern Zeichen,
wie wir das Ziel erreichen,
das er uns steckt.
Versteht uns so zu lenken,
dass unser schwaches Denken
sein Heil entdeckt."

Ich merkte, dass die Szene beendet war, und klatschte. Die Künstler lächelten zufrieden.

„Das war schon gut", sagte mein Vater und rollte näher heran. „Beachtet noch Folgendes: Felix, dir habe ich extra den ersten der Verse zugeteilt, damit du dich schon langsam zurückziehen und unauffällig verschwinden kannst. Sonst reicht am Ende die Zeit nicht."

Kurt meinte: „Ich finde, wenn er etwas später zu den anderen Hirten kommt, ist es nicht schlimm. Er kann ja unterwegs gewesen sein, um nach der Herde zu sehen."

„Ja, aber er muss auf jeden Fall rechtzeitig bei den anderen sein, ehe der Engel erscheint. Und noch etwas, Felix: Mach eine Pause vor dem Gedicht. Ein kleines Innehalten zwischen dem Prosatext und dem Gedichtvortrag. Der hat ja einen anderen Charakter. Die Zuschauer sollen spüren, dass hier keine simple Verlängerung des

Gesprächs kommt, sondern etwas Allgemeingültiges, was auch für uns heute gilt."

„Gut, mache ich."

Ich mischte mich ein: „Ihr habt es gut gemacht, Leute! Noch etwas Technisches: Felix, wenn du nur einen einfachen Umhang für die Verkleidung als Weiser und einen anderen als Hirte hast, kann es so bleiben wie besprochen. Wenn du aber deine Garderobe über den Kopf ziehen musst, wird das mit dem Headset schwierig, denn das dauert. In dem Fall schlage ich vor, dass Herodes gleich ein viertes Mikro hat und du behältst deins und bringst es mit runter zu den Hirten. Dann haben wir in der ersten Szene zwar nur zwei Mikros, aber mehr brauchen wir da auch nicht. Eins für Josef, der um ein Quartier bittet, und eins für die Wirtstochter. Maria spricht ja erst später."

„Gute Idee", sagte Papa. „So, jetzt zu Szene vier. Felix, du bist dann ja nicht dabei. Simon, liest du mal die Rolle von König Herodes?"

Ich setzte mich auf meinen Thron in Form eines einfachen Stuhles. Kaspar, Melchior und der unsichtbare Balthasar kamen heran.

„Ihr habt eine Antwort für uns, Majestät?"

„So ist es, gelehrte Herren. Ich habe alle Theologen und Kenner der heiligen Schriften, die in der Eile erreichbar waren, in den Palast gerufen.

Dort habe ich sie gefragt, ob ihnen etwas über einen besonderen König bekannt ist und vor allem, wo man ihn finden kann. Sie sagten, der Prophet Micha habe dies vor langer Zeit vorausgesagt. In Bethlehem soll der Messias geboren werden. Das ist ein kleines Städtchen, nur zwei Wegstunden südlich von Jerusalem."

Felix, der die Tür zum Flur öffnete – anscheinend war er auf der Toilette gewesen – schaute herein und unterbrach mich: „Simon, da ist ein Junge, der will was von dir."

„Soll reinkommen."

„Er traut sich nicht."

„Gut, ich komme. Dann lies du inzwischen den Herodes."

Er kam, setzte sich auf meinen Stuhl und nahm das Manuskript. Ich ging hinaus.

Auf dem Flur stand Dennis.

„Ich … äh … ich wollte Ihnen noch den Kirchenschlüssel bringen. Ich hatte ihn noch in der Tasche."

„Ah, gut! Danke! Hast du Alexanders Eltern Bescheid gesagt?"

„Ja. Sie haben sich ziemlich aufgeregt."

„Das kann man ja auch gut verstehen." Ich steckte den Schlüssel ein, doch Dennis machte keine Anstalten, wieder zu gehen.

„Ist noch was?"

hatten die gesamte untere Gesichtshälfte überwuchert. Dafür schien oben nichts mehr zu wachsen, jedenfalls blickte unter der alten Schiebermütze kein Haar hervor.

Er knallte die Autotür zu und baute sich vor mir auf.

„Guten Abend", grüßte ich.

Er knurrte nur kurz und stieß ein Wort hervor, dessen Tonfall darauf schließen ließ, dass es sich um eine Frage handelte: „Kepler?"

„Ich bin Simon Kepler, ja."

„Chef schickt mich."

„Ach, Sie sind wohl der Elektriker?"

Er nickte.

„Das freut mich. Vermutlich haben Sie auch einen Namen?"

Er nickte.

„Und wie lautet der?"

„Otto."

„Otto hinten oder vorn?"

Es schien ihm wohl überflüssig, diese Frage zu klären. Stattdessen deutete er mit einer kurzen Kopfbewegung zur Kirche hinüber, wobei er sogar gleich zwei vollständige Wörter herausbrachte: „Wollen wir?"

„In die Kirche gehen? Ja, ich komme. Haben Sie denn Lampen und Kabel dabei und alles, was sonst noch nötig ist?"

Otto wandte sich um und ging los, während er über die Schulter sagte: „Erst gucken."

In der Kirche angekommen, erklärte ich ihm unsere Wünsche. „Die Bühne soll ausreichend beleuchtet werden. Sie kommt dahin, wo jetzt noch nichts von ihr zu sehen ist, nämlich über den Altar. Darüber hinaus brauchen wir Licht an drei Stellen. Auf der oberen und der unteren Empore ganz vorne links und auf der Kanzel. Auf den Emporen stehen jeweils drei Personen und auf der Kanzel nur ein Engel. Alle diese Scheinwerfer sollen aber ohne großen Aufwand während des Spiels an- und ausgeschaltet werden können."

Der Waldschrat nickte, dass sein Vollbart wippte, und warf einen prüfenden Blick auf die einzelnen Punkte.

„Wir dürfen aber nichts an die Wände oder die Brüstung schrauben oder dübeln. Dann wäre uns der Pfarrer böse."

Otto krauste die Stirn, doch dann nickte er. Er deutete mit fragendem Blick auf die Tür zum Turm und machte eine Art Korkenzieherbewegung mit der Hand nach oben. Ich bewunderte sein Geschick zur Kommunikation, ohne dass sich ein Wort durch das Gestrüpp seiner Gesichtsbehaarung quälen musste.

„Da ist die Wendeltreppe zur Empore, richtig", bestätigte ich.

Er stieg hinauf und ich folgte. Oben besichtigte er die Gegebenheiten und wiegte etwas zweifelnd den Kopf. Ich nahm an, er brachte damit seinen Unwillen über die Enge zum Ausdruck, die hier herrschte. Dann aber hatte er offenbar eine Idee. Das schloss ich aus dem plötzlich etwas fröhlicheren Ausdruck seiner Augen.

Er nickte und wandte sich zum Gehen.

Am Ausgang wagte ich zu fragen: „Wissen Sie schon, Otto, wann Sie die Beleuchtung aufbauen wollen?"

Er schüttelte im Weitergehen den Kopf, für mich gut sichtbar, weil ich hinter ihm ging.

„Aber doch sicher so, dass alles vor der Generalprobe am dreiundzwanzigsten fertig ist?"

Er nickte.

Während wir zu seinem Auto gingen, sagte ich noch: „Grüßen Sie Ihren Chef" – wobei ich allerdings annahm, dass er das doch nicht tun würde, aber es schien mir trotzdem angebracht, es zu sagen. „Richten Sie ihm meinen Dank aus. Und Ihnen danke ich natürlich erst recht."

Er hielt es auch dieses Mal nicht für nötig, meine Aussage zu kommentieren, weder durch Worte noch durch Zeichen. Aber immerhin – als er ins Auto gestiegen war und den Motor angelassen hatte, blickte er kurz zu mir herüber, sodass unsere Blicke sich trafen.

Gerade wollte ich wieder in den Gemeindesaal gehen, da klingelte mein Handy. „Kepler."

„Willi Kuhn." Ach, der Dachdecker-Kollege und Vater von Lena.

„Hallo, Willi!"

„Du, Simon, das mit unserer Lena, das wird nichts. Ich dachte, ich rufe dich besser gleich an, damit du noch jemand anderen für die Rolle finden kannst."

„Hat sie keine Lust mehr?"

„Du weißt ja, wie das bei der heutigen Jugend ist. Mal hü, mal hott. Für nichts haben sie Ausdauer. Anscheinend hat sie sich einen Start für ihre Modelkarriere davon versprochen. Aber den Zahn hast du ihr gezogen. Gut so. Ich hatte ihr auch schon gesagt, sie soll sich nicht zurechtmachen wie auf dem Titelbild einer billigen Illustrierten. Jetzt sieht sie keinen Sinn mehr darin, mitzuspielen."

„Ich habe so etwas schon fast geahnt. Mach dir keine Gedanken, Willi, ich finde eine andere für die Rolle. Ich habe noch sieben Frauen zur Auswahl."

„Dann bin ich beruhigt, dass dich das nicht in eine Krise stürzt. Ich habe von deinem Fund auf dem Dachboden gelesen. Gratulation!"

„Das war nichts Wertvolles. Du kommst doch auch mit deiner Familie an Heiligabend zum Krippenspiel?"

„Ehrensache! Und ich bringe auch noch Nachbarn mit."

„Gut, Willi. Ich freue mich."

„Schönen Abend noch!"

„Danke, gleichfalls."

Ich legte auf und ging in den Saal zurück, wo inzwischen Arthur, der korpulente Bäckergehilfe, den Platz auf dem Thron eingenommen hatte. Seinen Text hatte er aber anscheinend schon gesprochen, denn die beiden verbliebenen Sterndeuter hatten sich eben abgewandt und schickten sich an, nach Bethlehem zu reisen.

Kaspar sagte: „Findet ihr es nicht auch merkwürdig, dass die frommen Schriftgelehrten wissen, wo ihr neuer König geboren werden soll, sodass sie uns den Ort genau erklären können, aber sie selbst gehen nicht hin?"

„Sehr merkwürdig!", bestätigte Melchior.

„Ob ihr Gott das nicht als Nichtachtung empfindet?"

„Es gibt anscheinend Leute, die wissen über Gott alles ganz genau, aber sie handeln nicht entsprechend."

Papa lobte: „Gut so! Thomas, sprich nicht so, dass es wie auswendig gelernt klingt! Mach mal kurze Pausen, als wenn du über das nächste Wort erst nachdenken müsstest. Und nicht so laut sprechen wie bei einer Predigt, sondern eher wie in einem persönlichen Gespräch. Die Mikrofone bewirken schon, dass euch alle verstehen."

„Werde mir Mühe geben."

„So, dann machen wir für heute Schluss. Übermorgen Probe in der Kirche, wenn immer möglich in Kostümen. Und dann ist am dreiundzwanzigsten schon die Generalprobe."

Was bis dahin noch alles erledigt werden sollte! Wir kamen richtig in Stress.

Trotzdem – oder gerade deswegen – fand ich es gut, dass wir uns heute Abend im Pfarrhaus alle zum Gebet treffen wollten.

KAPITEL 8

Vielleicht warten Sie gespannt darauf, dass ich Ihnen erzähle, welche Strafmaßnahmen ich mir für meine Tochter Klara überlegt hatte. Aber das ist meiner Meinung nach eine Privatsache, die besser im Kreis der Familie bleiben sollte.

Eines kann ich aber verraten: Ein Teil der Strafmaßnahmen bestand darin, dass Klara mir am Montagnachmittag beim Bau der Bühne helfen musste. Sie ist handwerklich nicht ungeschickt, wenn auch meist unwillig. Ich konnte meine beiden „Griechen“ nicht von der Arbeit abziehen, denn dann würde zu viel liegen bleiben und der Termin mit dem Privathaus käme in Gefahr. Darum bat ich auch noch Ali, unseren jesidischen Mieter, und seinen Sohn Achmed um Hilfe. Beide freuten sich, dass sie etwas Sinnvolles zu tun hatten. So waren wir also vier Personen, die in unserem mit Brettern und Balken beladenen LKW vor der Kirche vorfuhren.

Während wir abluden und alles in die Kirche brachten, kam Pfarrer Eberle ange… nein, nicht angerannt, denn dann könnte seine Würde Schaden nehmen, er kam vielmehr eilig herbeigeschritten.

„Halt!“, rief er. „Halt! Ich muss erst den Altar abräumen!“

In einer weihevollen Handlung nahm er Kreuz und Kerzenständer, Vasen und Altarbibel und schließlich die Altardecke ab, verstaute alles sorgfältig in der Sakristei und schaute anschließend einige Minuten unsrer Arbeit zu.

Immer wenn ein Brett mit lautem Knall auf den Boden fiel – ich hatte den Eindruck, Klara und Achmed ließen die Bretter, die sie gemeinsam hereintrugen, extra laut hinunterfallen – immer dann zuckte der Gemeindehirte zusammen und schüttelte anschließend entrüstet den Kopf. Ich sagte nichts, guckte die beiden jedoch streng an und legte den Finger an den Mund.

„Herr Kepler“, sagte Eberle zu mir, als ich meinen Balken behutsam ablegte, „Sie werden doch nicht die Bühne auf dem Altar abstützen?“

„Nein, nein, Herr Pfarrer. Wenn wir rechts und links die Ständer haben, brauchen wir bei den kräftigen Bohlen dazwischen nichts abzustützen. Der Altar wird überbrückt und bleibt völlig unversehrt.“

„Da bin ich ja beruhigt.“

„Ein anderes Problem besteht allerdings: der Kronleuchter.“

„Was ist damit?“

„Er muss weg.“

„Weg?“ Das pure Entsetzen stand ihm ins Gesicht geschrieben.

„Sehen Sie – wenn die Bühne auf diese Höhe kommt, hängt der Leuchter auf Brusthöhe der Spieler. Das geht natürlich nicht.“

„Ach …“

„Das sehen Sie doch ein, nicht wahr? Er ist einfach im Weg.“

„Ja, da haben Sie wohl recht. Aber … aber … Bedenken Sie, er hängt dort schon seit über zweihundertfünfzig Jahren!“

„Da wird er sich über eine Abwechslung freuen.“

„Herr Kepler! Ich fürchte, Sie betrachten die Dinge nicht mit dem gebotenen Ernst!“

„Doch, das tue ich. Mit dem gebotenen Ernst an ein solches Projekt heranzugehen, heißt, entweder richtig oder gar nicht.“

„Hm. Wenn Sie meinen … Dann müssen wir wohl in den sauren Apfel beißen.“

„Wobei …“, sagte ich mit einem skeptischen Blick zu dem Loch hinauf, in dem das tragende Tau des Leuchters verschwand, „wobei es bedeutend leichter ist, einen sauren Apfel vom Baum zu pflücken, als dieses Riesending herunterzuholen.“

„Ich kann Ihnen da keinen Rat geben“, meinte der Pfarrer. Das hatte ich auch nicht erwartet, aber ich sagte nichts.

Eine Weile stand er noch da und schaute mit sorgenvoll gefurchter Stirn unserer Arbeit zu. Als aber meine Handkreissäge ein laut kreischendes Geräusch von sich gab, verließ er fluchtartig die Kirche.

Die Bühne begann schon erkennbar Gestalt anzunehmen, als Otto kam. Otto, der wortkarge Gnom aus Heinrichs Betrieb, der die Beleuchtung installieren sollte.

Auch er trug allerlei Lampen und Kabelrollen, Stecker, Stative und Werkzeug herein. Als Ali bei mir gerade mal nicht gebraucht wurde und ihm helfen wollte, schüttelte der bärtige Elektriker nur den Kopf – so heftig, dass seine Schiebermütze verrutschte und ich bestätigt sah, was ich bereits vermutet hatte: Nämlich, dass der Haarwuchs auf seinem Kopf im umgekehrten Verhältnis zu dem auf seiner unteren Gesichtshälfte stand. Otto blickte meinen Mieter dabei zwar wortlos an, aber mit so abweisender Miene, dass Ali reumütig zu unserer Baustelle zurückkam.

Während unsere Konstruktion sich der Vollendung näherte, beachtete ich Ottos Tun nicht weiter. Dann war bei uns alles fertig. Noch ein paar letzte Handgriffe und Hammerschläge an einem Geländer, das verhindern sollte, dass die Spieler von der Bühne nach hinten in den Chorraum stürzen könnten.

Klara stellte sich in die Mitte der Bühne und rief dramatisch in die glücklicherweise leere Kirche: „Sein oder nicht sein, das ist hier die Frage."

„Still sein wäre noch besser!", sagte ich. Ich glaubte nicht, dass sie sich in ihrer Klasse schon mit Shakespeare befassten. Wahrscheinlich hatte sie das irgendwo anders aufgeschnappt, vielleicht bei ihrem literaturbegeisterten Großvater.

Nun konnte ich mein Augenmerk auf Ottos Werk richten. Er hatte inzwischen an allen Punkten, die ich ihm gezeigt hatte, Scheinwerfer angebracht. Ich musste seine Fähigkeiten ehrlich bewundern: Er hatte an keiner Stelle etwas in kulturhistorisch wertvolle alte Hölzer oder Steine geschraubt oder gedübelt. Mit Schraubzwingen und anderen Hilfsmitteln, die nach dem Entfernen keine Spuren hinterlassen würden, waren die Lampen in geeigneten Positionen befestigt worden. Nur auf der Kanzel war das nicht möglich und der Scheinwerfer musste auf dem Boden stehen und den Engel mehr von unten beleuchten.

Ich war skeptisch, wie das aussehen und wirken würde, aber das konnten wir erst bei Dunkelheit testen.

Da winkte mich Otto zu sich auf die Empore. Bis zu diesem Zeitpunkt hatte er noch kein Wort gesagt. Oben zeigte er mir, wie man den Scheinwerfer mit dem Fuß an- und ausschalten konnte. Gut – dann mussten die Weisen aus dem Osten bei ihrem Auftritt eben selbst das Licht der Erkenntnis über sich zum Leuchten bringen.

Ich bedankte mich wortreich bei Otto. „Großartig! Gut gemacht, Otto! Sie waren eine große Hilfe! Vielen, vielen Dank!“

Er nickte nur leicht und winkte dann mit der Hand. Es sah aus, als wollte er eine lästige Fliege verscheuchen. Offenbar hielt er nicht nur eigene, sondern auch meine Worte für überflüssig. Schließlich war er ein Fachmann, da war das Gelingen seiner Arbeit selbstverständlich und darum in keiner Weise erwähnenswert.

Otto packte sein Werkzeug zusammen und auch wir räumten auf. Vater und Sohn aus Syrien stapelten die Holzreste, ich verstaute das Werkzeug, und Klara kehrte auf meine nachdrückliche Aufforderung hin die Sägespäne zusammen.

Jetzt stand uns nur noch der Kronleuchter bevor!

Theoretisch gab es drei Möglichkeiten. Ali deutete die erste an, indem er den Leuchter zur Seite drückte. Das Ding was so schwer, dass er es kaum bis an den Rand der Bühne bewegen konnte. Er wollte damit wohl sagen, der Leuchter könne ruhig weiter an seinem Seil hängen, wir müssten ihn nur an der Seite befestigen, damit er aus dem Weg wäre.

Doch das war mir zu riskant. Sollte es uns wirklich gelingen, ihn so weit von der Bühne wegzubewegen und ihn dort zu befestigen, bestünde dennoch die Gefahr, dass er sich lösen, zur Mitte sausen und Maria und Josef von der Bühne fegen würde – oder wer sich sonst gerade dort aufhielt.

Lösung zwei war mir auch unheimlich – nämlich den Leuchter so hoch unter das Gewölbe des Altarraums zu ziehen, dass er die Darsteller nicht mehr störte. Aber der Gedanke, dass das zentnerschwere Messingding wie ein Damoklesschwert über den Spielern schweben sollte, löste bei mir ebenfalls Beklemmungen aus.

Nein, es blieb nur Lösung drei: Wir mussten den Leuchter ganz entfernen.

Wir stiegen also alle vier die Treppe hinauf und öffneten eine uralte Tür, von der wir annahmen, dass sie in den Raum über dem Chor führte.

Das Innere war dunkel, dreckig und stickig. Und die Decke war sehr niedrig, man konnte nur gebückt hineingehen.

Klara sagte lediglich: „Iiiih!“ und blieb vor der Tür stehen, um kurz darauf wieder nach unten zu verschwinden. Wir drei anderen gingen im Licht meiner Taschenlampe hinein und stapften durch den Staub, der sich im Lauf eines Vierteljahrtausends angesammelt hatte. Staub, vermischt mit den Verdauungsrückständen verschiedener Vögel, die irgendwann hier drinnen Schutz gesucht und ihre Jungen aufgezogen hatten.

Momentan schienen hier aber keine Vögel zu nisten, wie ich mit einem flüchtigen Schwenk meiner Taschenlampe feststellte. Das leise Rascheln und gelegentliche schnelle Bewegungen, die wir mit den Augenwinkeln feststellten, schienen eher von kleinen, vierbeinigen Bewohnern zu stammen.

In der Mitte des niedrigen Raumes stand eine eiserne Konstruktion mit einer Kurbel. Der Sinn und Zweck des Ganzen war leicht zu erkennen: Hier war das Tau aufgerollt, das daneben durch eine Öffnung im Dreck verschwand, um weiter unten, wo es sauber war, den Kronleuchter zu halten. An der Kurbel war eine Sperrvorrichtung, die dafür sorgte, dass das Tau nicht durch das Gewicht des Leuchters abgerollt wurde.

Ich packte den Griff der Kurbel und Ali half mir. „Achmed, wenn ich ‚Jetzt' sage, dann ziehst du diesen Sperrstift raus. Hast du verstanden?"

„Klar."

„Jetzt!"

Auf das vereinbarte Signal hin versuchten zwei erwachsene Männer anschließend mit vereinten Kräften, die Kurbel zu drehen, aber sie bewegte sich keinen Zentimeter.

„Ist zu schwer!“, keuchte Ali.

„Stift wieder rein!“

Als die Kurbel gesichert war, richteten wir uns auf. Genauer gesagt, war das unsere Absicht, doch ich stieß mir den Kopf an der niedrigen Decke an.

„Au!“ Notdürftig wischte ich mir die Spinnweben aus dem Gesicht.

„Geht nicht“, stellte Achmed fest. Das hatte ich auch schon erkannt. Ich beleuchtete die Mechanik mit meiner Taschenlampe.

„Das Ding ist eingerostet. Ja, ganz offensichtlich. Achmed, lauf doch bitte mal nach Hause in unsere Werkstatt und hol den Rostlöser. Den soll Thomas dir geben. Und bring noch einen großen Hammer mit! Den größten, den du findest.“

„Ja, gut.“ Achmed rannte los. Auf dem Weg zur Tür wirbelte er dicke, schwere Staubwolken auf, dann hörten wir ihn die Treppe hinunterlaufen.

Wir beide stiegen auch wieder nach unten. Jede Minute in diesem Loch war eine Qual.

Im Kirchenraum angekommen, trafen wir auf Klara, die die Zeit damit überbrückte, Bankreihen zu zählen. Wir setzten uns und warteten auf Achmeds Rückkehr.

Nach einer Weile beschloss ich, noch einmal nachzusehen, ob wir beim Zusammenräumen auch nichts liegen gelassen hatten. Dann brachte ich alles Werkzeug zum Auto.

Moment – hatten wir nicht auch den Akkuschrauber dabeigehabt? Natürlich, ich hatte damit gearbeitet!

„Wo ist denn der Akkuschrauber?"

Mein syrischer Mieter und Helfer antwortete nicht. Das mochte daran liegen, dass er nicht wusste, was ein Akkuschrauber ist.

Ich spürte, wie der Ärger in mir aufstieg. Hatte jemand das Werkzeug geklaut? Wer käme bloß dafür infrage? Klara bestimmt nicht, schon weil sie weniger damit anfangen könnte als mit dem Kirchenschlüssel. Ali? Konnte er den Schrauber versteckt haben, um ihn dann später zu verkaufen und so sein zweifellos spärliches Einkommen aufzubessern? Oder hatte Achmed ihn vorhin mitgenommen, als ich ihn zur Werkstatt schickte? Oder hatte Otto ihn? Der hätte sicher dafür Verwendung. Es war auch möglich, dass ein Fremder in die Kirche gekommen war, als wir im Turm waren, und mein Gerät mitgenommen hatte.

Ist es nicht schlimm, dass so eine Tat, die ein Einzelner begangen hat, gleich das Verhältnis zu vier Personen trübt? Nur weil ein Verdacht besteht, begegnet man Mitmenschen gleich viel reservierter, obwohl nichts bewiesen ist. Was heißt ‚man' – jedenfalls war es bei mir in dieser Situation so. Meine Stimmung war getrübt, schlechte

Laune und Ärger verhinderten, dass ich mit Freude meiner Arbeit nachging.

Nach einiger Zeit kam Achmed zurück. Wir stiegen wieder hinauf und ich versuchte, mithilfe des Rostlösers die Winde wieder funktionstüchtig zu machen. Mag sein, dass mein Ärger auch eine gewisse Rolle spielte, als ich mit heftigen Hammerschlägen die Kurbel aus ihrer Verrostung befreite.

Wenigstens bewegte sich das ganze System jetzt.

Aber seltsam – als wir die Sicherung lösten und die Kurbel drehten, geschah überhaupt nichts. Das Gewicht des Kronleuchters hätte das Seil nach unten ziehen müssen. Beim Zurückdrehen der Kurbel lockerte sich nur das Stück Seil zwischen der Winde und dem Loch im Boden.

Wir fegten vorsichtig, um nicht unnötig viel Staub aufzuwirbeln, den Dreck rund um das Loch zur Seite. Und dann sahen wir es: Jemand hatte in das Tau einen dicken Knoten gemacht, der nicht durch das Loch in der Decke passte. Wahrscheinlich sollte dieser als eine zusätzliche Vorsichtsmaßnahme dienen, weil jemand der Funktionsweise der Kurbel nicht getraut hatte.

Was sollten wir tun?

Der Knoten musste gelöst werden! Der Trick mit dem Schwert, mit dem Alexander der Große den gordischen Knoten gelöst haben soll, verbot sich hier.

Unser erstes Problem: Der Knoten war durch das Gewicht des Leuchters so fest zusammengezogen, dass wir ihn nicht ohne Weiteres aufknoten konnten.

Und das zweite Problem: Um einen Koten zu lösen, musste es ein loses Ende geben. Hierfür war es notwendig, das Seil ganz von der Winde abzuwickeln, wobei es gleichzeitig nicht unter Zug stehen durfte. Und das bedeutete wiederum, dass wir den Leuchter anheben mussten.

Zunächst drehten wir die Kurbel so weit zurück, dass das Seil ganz abgerollt war. Auch die Klemmvorrichtung, die das Seilende hielt, bekamen wir ohne große Schwierigkeiten auf. Der Knoten hielt in der Zwischenzeit den Leuchter, wie er es seit Jahrhunderten getan hatte. Das Seil, das nun abgerollt vor uns im Staub lag, war lang genug, dass der Leuchter daran ohne Weiteres bis auf den Altar hätte herabgelassen werden können.

„Pass auf, Achmed! Dein Vater und ich heben das große, schwere Ding gemeinsam an. Dann wird das Seil locker und du kannst den Knoten lösen. Hast du das verstanden?“

„Ja, aber ich muss … ich brauche …“ Er piekte mit dem Zeigefinger in den Knoten.

„Ja, du hast recht. Nimm einen Schraubenzieher.“ Er kam mit uns nach unten und suchte sich im Werkzeugkasten zwei verschieden große

Schraubenzieher aus. Damit stieg er wieder nach oben.

„Bist du so weit?“, rief ich laut.

Keine Antwort. Er hörte mich wahrscheinlich gar nicht.

„Klara, du stellst dich etwa in der Mitte auf die Wendeltreppe. Wenn wir etwas rufen, gibst du es nach oben weiter. Und wenn Achmed etwas sagt, wiederholst du es laut für uns.“

„Ja, gut!“ Sie bezog Position. „Ich bin so weit.“

„Frag ihn, ob er bereit ist und wir anheben können!“

Ich hörte sie etwas gedämpft: „Sie wollen wissen, ob du bereit bist.“

Nach einigen Augenblicken kam die Antwort: „Ihr sollt anfangen!“

Ali und ich legten uns ins Zeug. Wir wuchteten an gegenüberliegenden Punkten des großen Rings. Nur mit Mühe gelang es uns, ihn eine Handbreit zu heben, damit das Seil sich lockerte.

Es schien ein Geheimnis in dem alten Ding zu stecken, denn es wurde immer schwerer. Zumindest kam es uns so vor. Meine Armmuskeln und der Rücken begannen zu schmerzen. Bei Ali liefen Schweißtropfen über sein gerötetes Gesicht und hinterließen Spuren in dem Staub, der sich in der letzten Stunde dort abgelagert hatte.

„Achtung! Wir lassen runter!“

In der Hoffnung, dass die Botschaft oben angekommen war, senkten wir den Leuchter vorsichtig ab, ohne zu wissen, ob Achmed vielleicht gerade den Knoten gelöst hatte. Aber das war nicht der Fall. Der Knoten hielt und der Messingring fiel uns nicht auf die Füße.

„Achmed fragt, was los ist."

„Was los ist? Wir brauchen eine Pause! Das Ding ist schwer!"

„Sie müssen Pause machen. Das Ding ist schwer." Unser vermittelndes Sprachrohr Klara kommunizierte eifrig.

Wir beide verschnauften in der Zwischenzeit.

„Achmed sagt, er kriegt den Knoten nicht auf."

Ali zeigte auf die Reststücke der Balken, aus denen wir die Beine der Bühne gemacht hatten. „Holz – hier!" Ich verstand, was er meinte. Er wollte einen Bock zimmern, der etwas höher war als der Abstand zwischen Bühnenboden und Leuchter. Den könnten wir dann darauf ablegen und uns in Ruhe dem Knoten widmen.

Doch dafür reichte das Holz nicht mehr.

Was könnten wir stattdessen nehmen? Kirchenbänke? „Fass mal an, Ali!" Gemeinsam schleppten wir zwei der alten, aber stabilen und vor allem schweren Kirchenbänke auf die Bühne. Doch die Bänke waren trotz Lehne nicht hoch genug.

„Noch zwei!" Wir waren schon ziemlich erschöpft, aber es gelang uns, die zwei Bänke parallel nebeneinander zu stellen, und zwei weitere im 90 Grad Winkel hintereinander obendrauf zu heben.

„Achmed will wissen, warum es nicht weitergeht."

„Einen Moment noch! Wir kommen gleich."

„Sie kommen gleich."

Wir schoben das Gerüst aus Bänken in die Nähe des Kronleuchters. Dann stiegen wir die Treppe hinauf.

Achmed stand an die Winde gelehnt im Staub und schlug gelangweilt die zwei Schraubenzieher im Takt eines mir unbekannten Liedes aneinander.

Ich klemmte das Ende des Taus wieder an der Trommel fest und begann damit, es bis zu dem Punkt aufzuwickeln, wo es unter Zug stand. Nun packten wir beide an. Unter größter Kraftanstrengung gelang es uns, die Winde so lang zu drehen, bis sich der Leuchter nach unserer Schätzung etwa einen Meter nach oben bewegt haben müsste.

„Achmed – der Sicherungsstift!"

Endlich konnten wir die Kurbel loslassen.

Ein erneuter Weg die Wendeltreppe hinunter. Tatsächlich – unser Objekt schwebte eine Handbreit höher als die Lehnen der oberen Bänke.

Vorsichtig schoben wir unser Behelfsgerüst unter den Ring.

Ich sah mich um und fand ein paar Bretter, die den Druck des Messings auf die Holzbänke etwas abpolstern konnten.

Nachdem alles arrangiert war, stiegen wir wieder hinauf und bemannten die Kurbel. Achmed löste die Sicherung und wir ließen, so behutsam wie möglich, den Kronleuchter auf die neu geschaffene Unterlage nieder.

Ich lief erneut nach unten, um das Ergebnis zu begutachten. Das Arrangement sah etwas beängstigend aus, aber es hielt.

Also wieder hinauf! Der Schweiß lief mir in Strömen über mein Gesicht.

Nun war das Seil locker und wir konnten uns dem Knoten widmen. Erst ich, dann Ali, dann wieder ich spießten die Schraubenzieher zwischen die Windungen des Seils. Genauer gesagt: Wir versuchten es, aber das Gewicht des Metallgestells hatte über Jahrhunderte den Knoten so fest zusammengezogen, dass es uns nicht gelang.

Trotz der winterlichen Kälte in der Kirche spürte ich, wie die Hitze in mir hochstieg.

Diese hatte zu zwanzig Prozent ihren Grund in meinem immer noch vorhandenen Ärger über den gestohlenen Akkuschrauber, zu fünfzig Prozent in der Anstrengung der letzten Stunde und zu dreißig Prozent in dem Frust, dass wir den Knoten nicht gelöst bekamen.

Klara, die nun, allem Ekel zum Trotz, durch ihre Neugier in unseren Verschlag hineingetrieben wurde, meinte: „Kann man das Seil nicht einfach abschneiden?"

„Unsinn!", erwiderte ich, in meinem Ärger schärfer als beabsichtigt. „Dann würde das restliche Seil doch nicht reichen."

„Dann würde der Leuchter eben etwas höher hängen. Das würde bestimmt gar nicht auffallen."

Ich gebe zu, dass ich auch schon darüber nachgedacht hatte. Aber nein, am Ende bekam der Pfarrer noch einen Herzinfarkt.

„Oder wir knoten unterhalb vom Loch zwei Stücke Seil …"

„Ruhe jetzt!"

Schließlich legten wir den Knoten auf den Boden, suchten mit dem Schraubenzieher die Stelle, die am ehesten Erfolg versprach, und trieben ihn mit kräftigen Hammerschlägen hinein. Mit viel Ruckeln gelang es schließlich doch, den Knoten zu lockern. Ali zog das Seil ganz durch und die beiden jungen Leute jubelten, während wir Erwachsenen uns erschöpft lächelnd ansahen.

Jetzt also das Seil wieder auf die Trommel. Wir kurbelten, bis der Leuchter sich etwas hob. Dann eilten wir hinunter, nahmen die oberen Bänke von den unteren, schoben alles zur Seite, stiegen wieder nach oben, lösten die Sicherung und ließen vorsichtig den Kronleuchter auf die Bretter hinunter, die die Welt bedeuten.

„Geschafft!", freute sich Klara.

„Von wegen – geschafft! Wir müssen das Ding noch irgendwo hinstellen und die vier Bänke wieder an Ort und Stelle bringen. Das machen wir Männer. Das heißt, Achmed kann am Kronleuchter mit anfassen. Aber vorher knotet ihr noch einen einfachen Bindfaden an das Ende des Taus – im Werkzeugkasten müsste welcher sein. Sonst kriegen wir später das Tau nicht mehr durch das Loch. Das Ende des Bindfadens soll dann unten aus dem Loch herausgucken. Wenn wir den Kronleuchter wieder aufhängen, ziehen wir es herunter, binden das Tau dran und ziehen es damit durch das Loch nach oben. Verstanden?"

Ich erspare es mir und Ihnen, die weiteren Einzelheiten dieses aufwendigen Prozesses zu schildern. Am Ende lag der riesige Leuchter aus Messing im Freien hinter der Kirche. Es war nicht zu erwarten, dass jemand ihn dort unbemerkt entwenden würde.

Wir hätten den Leuchter nicht nach draußen gebracht, wenn wir nicht auf die Idee gekommen wären, ihn aufrecht zu stellen und zu rollen. Die runde Form war in dieser Situation eindeutig ein

Vorteil. Aber anders wäre er auch gar nicht durch die Tür gegangen, denn dafür mussten wir ihn etwas schräg stellen, da sein Durchmesser knapp unter der Diagonale des Rechtecks der Tür maß.

Mein Respekt vor den Steinzeitmenschen, die die Felsen von Stonehenge über weite Strecken transportiert hatten, war gewaltig gewachsen.

Schließlich befanden sich die Bänke mit nur geringen Druckstellen wieder an Ort und Stelle und oben aus dem Loch im Kreuzrippengewölbe des Altarraums lugte, kaum vom Kirchenschiff aus zu sehen, ein kleines Stück Bindfaden heraus.

Vollkommen erschöpft und total verdreckt fuhren wir nach Hause.

Als ich nach dem Duschen Tina von all dem berichtete – immer noch ziemlich sauer wegen … na, Sie wissen schon – sagte sie: „Ich verstehe ja deinen Ärger, Simon, aber reg dich nicht zu sehr auf!"

„Ich soll mich nicht …"

Sie hob die Hand – eine typische Geste, wenn sie andeuten will, dass ich mich erst äußern soll, wenn sie mit ihrer Rede fertig ist. „Doch, du kannst dich aufregen, aber nicht zu sehr, denn das schadet nur dir selbst. Deine Wut bringt den Akkuschrauber auch nicht wieder zurück."

„Das weiß ich auch. Aber mit dem Argument könnte man überhaupt nie ärgerlich sein, denn Ärger nützt nie etwas."

„Sieh doch vor allem den Zusammenhang. Du betreust gerade ein großes Projekt. Und ich meine nicht das Kirchendach, sondern das Krippenspiel. Wir wollen damit das Wunder von Weihnachten veranschaulichen: Gott kommt zu uns Menschen, wird selbst ein Mensch. Aus Liebe. Was für eine Freude! Mir ging heute dauernd das Lied durch den Kopf: ‚Freu dich, Erd und Sternenzelt, Halleluja!'"

„Gottes Sohn kam in die Welt, Halleluja!"

„Genau! Und die Freude darüber willst du dir verderben lassen wegen so eines dämlichen Akkuschraubers?"

„Na ja, vielleicht hast du recht. Hm. Aber es war ein gutes Werkzeug …"

Es klingelte.

Ich stand auf und ging an die Haustür.

Vor der Tür stand Otto. Er hielt mir, etwas verlegen grinsend, den Akkuschrauber hin. Und er brachte als Erklärung gleich mehrere Sätze heraus, wenn auch nicht vollständig mit Subjekt, Objekt und Prädikat.

„Dachte: Nanu! Hatte doch nie zwei davon. Dachte erst, es wäre meiner. Sieht genauso aus. Sorry!"

KAPITEL 9

Am Morgen des 23. Dezember hielt ich es für nötig, wieder mal nach meinen beiden Mitarbeitern zu sehen, die ich wegen der vielen Aufgaben im Zusammenhang mit dem Krippenspiel alleine hatte werkeln lassen.

„Gute Arbeit!“, lobte ich, als ich mir einen Überblick verschafft hatte. „Tut mir leid, Jungs, dass wir in diesem Jahr nicht früher Weihnachtsurlaub machen konnten. Ihr wisst ja – der Termin. Aber wenn das hier Mitte Januar erledigt ist, werden wir uns noch nach Aufträgen sehnen.“

„Macht nichts“, meinte Thomas, „es ist trocken und nicht zu kalt. Wird das denn was mit dem Kirchendach?“

„Sehr wahrscheinlich. Aber erst im Frühjahr.“

Karl sagte: „Und das Spielen macht auch Spaß.“

„Kannst du deine Rolle, Karl?“

„Doch, ich denke schon. Ich weiß nur manchmal nicht so richtig, wann ich dran bin. Aber das Gedicht kann ich gut. Wenn es sich reimt, kann ich mir so etwas sowieso viel besser merken.“

„Kann ich mir vorstellen. Sag mal deinen Vers!“

„Also wir stehen vor der Krippe, gucken ganz

verwundert – dein Vater hat gesagt, wir sollen ganz verwundert gucken – und dann sage ich, schön langsam, damit man es gut verstehen kann:

Der Himmel, Erd und Weltenall
kann schaffen und regieren,
steigt ab in unser Jammertal,
als kleines Kind in einem Stall
auf Stroh und zwischen Tieren."

„Gut, Karl!"

„Ich kann auch noch die Verse, die die anderen sagen müssen. Hans sagt dann:

Ein Stall ersetzt die Himmelspracht,
Strohhalme sind sein' Daunen.
Statt ew'ges Licht die kalte Nacht,
Hilflosigkeit statt Gottesmacht.
Wir beten an und staunen.

Soll ich auch noch den dritten ...?"

„Lass gut sein, Karl! Ich glaube dir, dass du es kannst. Ich muss jetzt weiter. Macht nicht zu lange heute, damit ihr nicht zu gestresst zur Generalprobe kommt. Ich muss gleich in die Kirche, da soll nachher die Lautsprecheranlage aufgebaut werden."

Da kam Philipp angelaufen. „Papa, Mama schickt mich, ich soll dir das hier zeigen.“ Er reichte mir den Lokalteil der Tageszeitung.

Ich nahm das großformatige Blatt in die Hand und mein Blick fiel gleich auf die Schlagzeile, die Tina wahrscheinlich meinte: „Bekannter Großindustrieller als Josef im Krippenspiel.“

Oh – das würde Heinrich sicher nicht recht sein. Er wird sich ärgern, dachte ich, dass seine kleine nostalgische Marotte über den bescheidenen kirchlichen Rahmen hinaus bekannt wird und an die Öffentlichkeit gelangt. Alle seine Geschäftspartner und Golffreunde werden die Nase rümpfen. Und er selbst denkt wahrscheinlich, ich hätte diese Information an die Presse weitergegeben.

Das muss ich klarstellen!, dachte ich nur und setzte mich sofort ins Auto, um zu der Villa von Heinrich Wörtz zu fahren.

Auf mein Klingeln öffnete mir wieder seine Frau. Mist! Ich wusste immer noch nicht, wie sie mit Vornamen hieß! Ich hätte mich erkundigen sollen! Also eine Begrüßung ohne Namen.

„Guten Morgen, meine Liebe! Ich störe hoffentlich nicht, auch wenn der Tag noch jung ist – wo ihr euch doch nun aufs Rentnerdasein einrichtet.“

„Du störst nie, Simon. Heinrich ist gerade dabei, den letzten Schluck Kaffee zu trinken. Willst du auch eine Tasse?“

„Nein, danke, ich hatte schon.“

Heinrich begrüßte mich kerngesund, ausgeschlafen und gut gelaunt.

„Simon! Guten Morgen! Setz dich!“

„Lass dir den Rest deines Frühstücks gut schmecken, Heinrich! Ich störe auch nicht lange. In Kürze drei Anliegen. Erstens: Ist alles klar wegen der Generalprobe heute Abend?“

„Ja, alles klar. Ich freue mich schon darauf.“

„Zweitens: Danke, dass du uns deinen Elektriker geschickt hast!“

„Ein guter Mann. Manuell geschickt, rhetorisch allerdings weniger.“

„Das stimmt. Aber wir haben uns mithilfe von Hand- und Kopfbewegungen glänzend verständigt. Und drittens: Hast du schon die Zeitung gelesen?“

„Ja. Du meinst bestimmt den Artikel, wo ich in der Schlagzeile vorkomme?“

„Genau. Ist vielleicht ein bisschen peinlich, aber ich habe damit nichts zu tun! Das wollte ich dir nur versichern.“

„Ich weiß“, lächelte der erfolgreiche Unternehmer. „Ich habe den Artikel selbst veranlasst.“

„Du?“

„Ja, ich dachte, selbst wenn das Ganze ein bisschen reißerisch ist, lesen es die Leute und kommen dann vielleicht morgen Abend. Deshalb war es mir auch so wichtig, dass in dem Artikel das Besondere dieser Aufführung betont wird. Zum Beispiel kein Spiel von Kindern, sondern von Erwachsenen. Das hat sicher eine gewisse Werbewirkung."

„Ja, das stimmt wohl, aber … aber …"

„Ich weiß, was du mit ‚peinlich' meinst, aber das macht mir nichts aus. Es wird mich schon keiner deswegen für kindisch oder senil halten. Und wenn doch, dann soll er's ruhig. Aber es war mir wichtig, dabei mitzuhelfen, dass viele kommen und die Weihnachtsbotschaft hören."

Ich wusste nicht, wie ich auf diese Eröffnung regieren sollte, und muss wohl ein etwas dämliches Gesicht gemacht haben, denn Heinrich lachte plötzlich laut los.

„Ich will dir erklären, mein lieber Simon, warum ich so spreche. Du weißt – am Anfang stand mein Wunsch nach dem Krippenspiel, weil ich mich noch einmal in die Zeit meiner glücklichen Kindheit zurückversetzen wollte. Und auch, um dafür zu sorgen, dass die Kinder von heute so etwas erleben – insbesondere in einer Zeit, wo diese Traditionen immer mehr in den Hintergrund treten und verlorengehen. Aber vor ein paar Tagen hat mich dein Vater besucht. Wir haben uns lange unterhalten. Hilde – das waren doch bestimmt zwei Stunden?“

„Eher drei“, meinte seine Frau, die sich wieder zu uns an den Tisch gesetzt hatte. Jetzt wusste ich wenigstens, dass sie Hilde hieß.

„Drei Stunden. Ich glaube, er hat recht mit dem, was er mir erklärte. Weihnachten ist ein ganz entscheidender Punkt in der Weltgeschichte. Gott wird ein Mensch. Hier berühren sich Himmel und Erde – so hat dein Vater es ausgedrückt. Ich stelle mir das so vor, wie wenn unser Otto eine Verbindung vom Stromnetz oder irgendeiner anderen Stromquelle zu einer Lampe oder zu einem Motor herstellt. Einen Kontakt. Da fließt Kraft. Diese Kontaktstelle zwischen Gott und uns Menschen ist Jesus, das Kind in der Krippe.“

Hilde sagte: „Und der Mann am Kreuz. In der Theorie weiß man das ja alles. Aber man denkt nicht weiter darüber nach. Man lebt es nicht, verstehst du?“

„Besonders, wenn das raue Geschäftsleben uns total fordert … Aber das soll jetzt keine Entschuldigung sein, dass ich bisher wenig auf Gott geachtet habe. Ich weiß nicht, ob du verstehst, was ich meine …“

„Durchaus!“, antwortete ich.

„Jedenfalls bemühe ich mich seit diesem Gespräch um den Kontakt nach oben – wenn ich es mal so ausdrücken darf. Und ich finde, Weihnachten heißt, sich dies in Erinnerung zu rufen. Gott hat mit uns, mit allen Menschen, aber eben auch mit Hilde und mir, Kontakt aufgenommen. Und er nimmt auch bei dieser Weihnacht wieder Kontakt auf."

„Und", ergänzte Hilde, „vielleicht will er auch mit anderen Menschen ins Gespräch kommen, deshalb …"

„Ganz sicher will er das!", warf ihr Mann ein. „Darum war ich auch dafür, den Artikel so in die Zeitung zu setzen. Vielleicht wird mancher neugierig und kommt."

„Und hört und versteht etwas von der tiefen Bedeutung von Weihnachten."

„Das hoffe ich doch auch", sagte ich. „Und ich freue mich, dass ihr so ganz hinter der Sache steht. Aber jetzt muss ich gehen. Ich bin mit den Leuten verabredet, die die Lautsprecheranlage aufbauen."

Ich erhob mich.

„Willst du wirklich keinen Kaffee?"

„Danke, Hilde, sehr freundlich, aber ich hatte schon genug."

Heinrich brachte mich zur Tür. „Also dann bis heute Abend."

Ich kam pünktlich zur Kirche, aber Arno erwartete mich bereits. Er hatte seinen Freund mitgebracht, der, wie er mir erklärte, Sigi hieß und in der Band den Bass spielte. Sigi war etwas pummelig und trug einen Ring in der Nase und ein blechernes Gehänge an beiden Ohren.

Bevor sie alles installierten, gab ich ihnen ein Manuskript und ging mit ihnen die einzelnen Punkte durch. Arno schrieb überall daneben, welches Mikrofon wann eingeschaltet sein musste. Er machte das sehr gründlich, sogar mit verschiedenen Farben. Mein Vertrauen wuchs, dass es bei unserer Aufführung keinen Reinfall geben würde. Anschließend gingen beide noch einmal gemeinsam alle Notizen durch und fragten nach, wo ihnen etwas unklar war. Besonders an den Stellen im Krippenspiel, wo Mikrofone hinter der Bühne gewechselt werden mussten, zierten nachher rote, blaue und grüne Linien und Pfeile das Papier.

Wir waren mit unseren Absprachen weitgehend fertig, als sich die Kirchentür öffnete und drei Männer hereinkamen: der Pfarrer, Kirchmeister Schneider und ein mir unbekannter Herr. Eberle schaute nur betrübt unter sich, aber die beiden anderen redeten eifrig aufeinander ein und gestikulierten wild.

Pfarrer Eberle sah mich, blieb stehen und sagte mit einer Stimme, als müsste er mir den morgigen Weltuntergang ankündigen: „Ach, gut, dass Sie da sind, Herr Kepler. Dies ist Herr Vornwald vom Bauamt.“

„Guten Tag", grüßte ich – höflich zwar, aber zurückhaltend, weil ich die gedrückte Stimmung des Pfarrers wahrnahm.

Herr Schneider stellte uns vor: „Herr Kepler ist der Initiator und Organisator des Krippenspiels, das morgen hier aufgeführt werden soll. Außerdem ist er Zimmermann und wird wahrscheinlich das neue Dach bauen. Und dies" – sagte er, an mich gewandt – „ist Herr Vornwald, der unsere Kirche aus statischen Gründen sperren will."

„Ach – jetzt also doch?", meinte ich. „Nun, nach dem Krippenspiel morgen sollen ja sowieso alle Veranstaltungen im Gemeindehaus stattfinden. Jedenfalls im Winter."

„Nein, junger Mann", sagte Herr Vornwald, obwohl er höchstens sechs oder acht Jahre älter war als ich, „nein, das Krippenspiel findet nicht statt. Jedenfalls nicht hier."

Ich war wie vor den Kopf geschlagen. Sprachlos blickte ich den Mann an.

„Herr Vornwald möchte die Kirche sofort schließen", erklärte Eberle, und Schneider präzisierte: „Heute schon."

Aus Eberles Stimme klang tiefe Traurigkeit und aus Schneiders Stimme verhaltener Zorn.

„Das können Sie doch nicht machen, Herr … Dings …"

„Vornwald", half Eberle.

„Ja, Herr Vornwald. Das ist unmöglich! Wir haben alles vorbereitet, unter großem Aufwand! Wir haben eingeladen, Hunderte werden kommen – und enttäuscht sein! Das können Sie nicht machen!"

„Was ich kann und was nicht, das weiß ich besser", erwiderte der Herr spitz. „Mein Amt gibt mir die Befugnis, zum Zwecke der Gefahrenabwehr jedes Gebäude …"

„Welche Gefahren denn? Seit 250 Jahren ist nichts passiert, warum sollte ausgerechnet heute oder morgen …"

„Sie merken hoffentlich selbst, wie haltlos Ihre Argumentation ist!", erwiderte er in herablassendem Ton. „Gerade weil das Gebäude alt ist, besteht Gefahr."

Pfarrer Eberle setzte sich in eine der Bänke, legte das Gesicht in die Hände und stützte die Ellenbogen auf die Gesangbuchablage. „O Herr, hilf, o Herr, lass wohlgelingen!", stöhnte er.

„Sie müssten uns zumindest eine Frist einräumen!", protestierte ich. „Man kann so ein Verbot doch nicht ohne Vorankündigung von heute auf morgen aussprechen."

Der Baumensch sah sich um, als hätte er gar nicht gehört, was ich sagte. Dann warf er mir lediglich die Worte hin: „Die Warnung war längst ausgesprochen."

„Das stimmt leider", sagte Herr Schneider leise zu mir. „Es gab da so einen Brief. Aber Pfarrer Eberle hat ihn nicht weiter beachtet, wohl in dem Gedankengang, dass im Winter sowieso keine Veranstaltungen in der Kirche geplant waren. Und dann hat er das Schreiben wahrscheinlich schlicht vergessen."

Aber ich war nicht bereit, einfach so aufzugeben.

„Herr … äh, Vornwald, geht es um das Mauerwerk oder um das Gebälk?"

„Letzteres. Nur um das Dach. Ich hatte es mir ja schon einmal mit einem Kollegen angesehen. Vorhin habe ich mir die Notizen noch einmal vorgenommen. Es wird seitdem nicht besser geworden sein."

„Ich bin selbst Fachmann und ich versichere Ihnen …"

„Und dann lese ich in der Zeitung, dass, als zwei Jungen im Dachgebälk herumgeklettert sind, ein Balken zerbrach. Was soll ich da wohl von der Festigkeit halten? Ich musste handeln! Schließlich trage ich die Verantwortung!"

„Aber da haben Sie etwas missverstanden! Es ist kein Balken zerbrochen, sondern nur eine dünne Latte, die keinerlei statische Funktion hatte. Da führt eine Treppe – oder wohl eher eine Leiter – zu einem der Fenster. An dieser

Leiter hat man einen Handlauf angebracht, eine einfache Latte. Da hat dieser Junge sich draufgestellt – wofür sie nicht gedacht war – und sie ist zerbrochen. Das gefährdet doch nicht die Dachkonstruktion."

„Sie können mir die Verantwortung nicht abnehmen und der Pfarrer auch nicht. Wenn etwas passiert, geht es mir an den Kragen."

„Aber der eine Tag! Die eine Veranstaltung!"

Eberle sagte: „Die Sache ist noch viel schlimmer, Herr Vornwald. Ein wohlhabender Spender will einen Großteil des neuen Daches finanzieren, unter der Bedingung, dass das Spiel stattfindet. Wenn Sie uns nicht erlauben, es morgen hier aufzuführen, zieht er sein Geld zurück. Dann gibt es überhaupt kein neues Dach."

„Das ist nicht mein Problem. Im Übrigen können Sie das Spiel doch auch im Gemeindehaus aufführen."

„Das ist viel zu klein …"

Da mischte sich Sigi ein, der bisher nur mit Freund Arno zugehört hatte.

„Hören Sie mal, Sie Korinthenkacker, Sie werden uns diese Party ganz bestimmt nicht versauen! Sie können …"

Arno stieß ihn an. Aber Sigi ließ sich nicht beirren. „Kommen Sie mir nicht mit Ihren Scheiß-Vorschriften!"

„Wer ist denn dieser Affe?“, fragte der Herr vom Bauamt.

Ich sprang schnell in die Lücke. „Er ist nur für die Beschallung zuständig. Nehmen Sie ihm bitte seine Worte nicht übel, Herr Vornwald! Es ist nur die Erregung. Er meint es nicht so.“

„Ich meine es nicht so?“, fragte Sigi. „Wie kommen Sie denn darauf? Ich meine es genau so! Und wenn diese Gurke da nicht einsichtig ist und schleunigst verschwindet, dann kann er was erleben!“

„Ach ja?“ Herr Vornwald schien noch unschlüssig zu sein, ob er der Frechheit dieses seltsam verzierten Knaben mit Arroganz oder mit Zorn begegnen sollte. „Was denn erleben?“

„Wir werden einen Artikel an die Zeitung schicken. Titel: Verbohrter Beamter verhindert großes Event. Oder: Kleinkariertheit contra Großereignis.“

Jetzt wurde Herr Vornwald richtig böse. „So nicht, meine Herren! So nicht! Ich lasse mir nicht drohen! Und ich lasse mich nicht beleidigen!“

„Darf ich die Herren dringend bitten, sich zu beruhigen“, bat der Pfarrer.

„Wir wollen doch wie zivilisierte Menschen miteinander umgehen!“, mahnte Herr Schneider.

Ich sagte: „Bitte, Herr Vornwald, nehmen Sie es dem jungen Mann nicht übel! Wie ich schon sagte, er meint es nicht so. Oder vielleicht meint er es tatsächlich so, aber Sie wissen doch, wie junge Leute heute sind. Und Herr Sigi gehört ja auch nicht zu den Hauptverantwortlichen in dieser Sache."

Arno legte Sigi, der missmutig vor sich hin grummelte, eine Hand auf den Arm, um ihn zu beruhigen. Der schüttelte die Hand seines Freundes mit einer so heftigen Bewegung ab, dass sein Ohrgehänge klimperte.

„Darf ich einen Vorschlag machen?", fragte ich. Ehe möglicherweise jemand eine negative Antwort auf meine Frage geben konnte, fuhr ich fort: „Wir könnten gemeinsam hinauf unters Dach gehen. Wir schauen uns alles gründlich an. Und wenn Sie, Herr Vornwald, an einigen Stellen eine besondere Gefahr erkennen, etwa wegen eines angefaulten Balkens, dann werde ich noch heute, spätestens morgen früh, die Stelle mit einem neuen Balken verstärken. Natürlich soll das nur eine Notmaßnahme sein, nur für diesen einen Tag. Von mir aus kann das Dach gleich nach Weihnachten eingerissen werden."

Der Herr vom Bauamt sah eine Chance, ohne Gesichtsverlust aus der Sache herauszukommen. Er murmelte: „Abreißen müssen Sie ja nicht gleich. Damit das Gebäude darunter über den Winter geschützt ist, kann das Dach fürs Erste bleiben. Aber das Gebäude und die unmittelbare Umgebung muss gesperrt werden."

„Also", sagte Herr Schneider, „gehen wir hinauf!"

Vier Männer im mittleren Alter machten sich auf den Weg zur Turmtür und stiegen die Wendeltreppe hinauf. In einigem Abstand folgten die beiden Tontechniker.

Oben unterm Dachgebälk angekommen, stapften wir überall umher durch den jahrhundertealten Staub in alle Ecken und Winkel und um die Plastikschüsseln herum, die als Tropfenfänger auf dem Boden standen. Herr Vornwald begutachtete alles genau, klopfte hier und da an einen Balken, um vom Klang auf dessen inneren Zustand zu schließen, und zeigte je nachdem hier eine finstere und dort eine eher zufriedene Miene. Wir drei anderen folgten ihm auf Schritt und Tritt, warfen uns sorgenvolle Blicke zu und klopften auch ein bisschen.

Arno und Sigi standen an der Tür und beobachteten das Geschehen. Ich hörte zu meinem Schrecken, wie Sigi murmelte: „Arrogantes Arschloch!"

Ich zuckte zusammen. Ob Vornwald das gehört hatte, wusste ich nicht, aber ich meinte, auch bei ihm ein gewisses Zucken festgestellt zu haben.

Geistesgegenwärtig sagte ich laut und deutlich: „Nein, Sigi, das ist kein Astloch!"

Er sah mich verständnislos an. Arno legte den Finger auf den Mund.

„Äh – wenn man genau hinguckt – es ist nur ein dunkler Fleck auf dem Balken."

Nachdem Herr Vornwald bis nach hinten gekrochen war, richtete er sich auf, sah seine Eskorte einige Augenblicke schweigend an und sagte dann zu mir: „Sie, Herr …"

„Kepler."

„Herr Kepler, Sie sind wirklich Zimmermann?"

„Meister sogar."

Er nickte und zeigte auf einen der langen Balken, die hinauf zum Giebel liefen. „Der beunruhigt mich. Sie werden mir doch sicher zustimmen."

Was sollte ich sagen? „Nun, man kann durchaus der Ansicht sein, dass das Holz nicht ganz gesund …"

„Wenn Sie hier etwas unternehmen, als Sicherungsmaßnahme … und dann auch da vorn, um den waagerechten abzustützen, das dürfte nicht so schwierig sein …"

„Das lässt sich machen, Herr Vornwald."

„Dann wäre ich bereit, die Sperrung des Gebäudes für diesen einen Tag aufzuheben. Aber es muss zuverlässig gearbeitet sein. Ich komme morgen gegen Mittag noch einmal vorbei und schaue mir an, was Sie unternommen haben."

„In Ordnung. Sie können sich auf mich verlassen."

Ohne ein weiteres Wort wandte sich der Herr vom Bauamt der Treppe zu, stieg hinab, klopfte sich den Staub von der Hose und ging.

Pfarrer Eberle atmete aus, als hätte er seit einer halben Stunde den Atem angehalten. Dann sagte er: „Halleluja!"

„Ich finde, für ein Halleluja ist es noch zu früh", sagte Herr Schneider. „Kriegen Sie das zu seiner Zufriedenheit hin, Herr Kepler?"

„Hm. Ich habe natürlich keinen so langen Balken. Kann auch bis morgen keinen mehr beschaffen. Aber ich habe schon eine Idee, wie ich das anders lösen könnte."

„So, dass der Mann nichts mehr zu meckern hat?"

„Ich nehme an, dass er als Bausachverständiger eine gewisse Ahnung von Statik und Kräfteverteilung hat. Dann muss er mit meiner Lösung zufrieden sein, auch wenn ich sie nur mit dem Material hinkriege, das ich zu Hause liegen habe."

„Hoffen wir es!"

„Im Übrigen denke ich, dass ihm nicht mehr daran gelegen ist, sich weiter mit uns anzulegen. Aber er musste sein Gesicht wahren und hat darum diese Maßnahmen gefordert."

„Meinen Sie?", fragte Pfarrer Eberle.

„Meine ich! So, und jetzt entschuldigen Sie mich. Ich muss sofort mit meinen Mitarbeitern ans Werk gehen, sonst schaffen wir es nicht."

„Ja, gehen Sie nur!" Dann wandte er sich an Arno und Sigi. „Brauchen Sie noch irgendetwas?"

„Nein, das kriegen wir alleine hin. Lautsprecher aufhängen, Kabel verlegen, die Mikros checken. Bis zur Generalprobe heute Abend ist alles fertig."

Arnos Mitarbeiter Sigi ergänzte: „Aber wenn Sie schon fragen, ob Sie helfen können – es wäre nett, wenn uns jemand was zu essen bringt. 'ne Pizza vielleicht."

„Natürlich, dafür sorge ich gerne." Den Gesichtsausdruck von Pfarrer Eberle bei diesen Worten konnte ich nicht mehr sehen, weil ich gerade die Kirche verließ.

Herkules und Sokrates waren sofort bereit zu helfen. Letzterer meinte: „Wenn wir das heute schaffen wollen, werden wir wohl bis in die Nacht zu tun haben."

„Vermutlich."

„Nicht, dass ich mich vor der Arbeit drücken wollte, Chef. Aber dann können wir nicht bei der Generalprobe mitmachen."

„Dann muss es eben ohne euch gehen. Ich kann leider auch nicht dabei sein."

„Dein Vater wird das Ganze schon schaukeln."

„Es gibt einiges, was ich trotzdem gern noch einmal kontrolliert hätte. Zum Beispiel die Beleuchtung des Engels auf der Kanzel. Oder wie sich die neue Wirtsfrau macht. Nun – es ist nicht zu ändern, machen wir das Beste draus.“

Wir luden einiges Holz, das von anderen Arbeiten übrig war, auf den LKW, dazu mehrere der Ständer aus Metall zum Abstützen. Ich sagte nur noch schnell Tina Bescheid, dass ich heute auf das Mittagessen verzichten müsse und warum, dann fuhren wir zur Kirche.

Während wir Material und Werkzeug durch die Kirche und über die Wendeltreppe nach oben brachten, kamen wir bei unseren Tontechnikern vorbei, die auf einer Kirchenbank saßen, die Beine auf der Rückenlehne der Bank vor ihnen, und Pizza aßen.

Später hörten wir es unter uns immer wieder laut durch die Kirche hallen: „Test, Test, Test. Eins, zwei, drei.“ Gelegentlich wurden diese Erinnerungen an die ersten Rechenversuche von Abc-Schützen von Rückkopplungsgeräuschen unterbrochen.

Wir drei arbeiteten tüchtig. Sägen mussten wir, weil wir hier oben keinen Strom hatten, mit reiner Muskelkraft, so, wie es bei unzähligen Generationen vor uns und auch bei Josef von Nazareth üblich war.

Wenn Sie es nicht weitersagen, verrate ich Ihnen, dass wir außer den sinnvollen Verstärkungen auch ein paar Stützen und Träger anbrachten, deren Nutzen zumindest zweifelhaft war. Der Herr vom Bauamt sollte gleich beim Hereinkommen beeindruckt sein, wie viel Mühe wir uns gemacht hatten.

Gegen 18 Uhr kam Klara und brachte uns in Tinas Auftrag einen Korb mit belegten Broten und drei Flaschen Bier. Sie schaute uns eine Weile beim Essen und beim Arbeiten zu, dann sagte sie: „Oh – ich glaube, jetzt kommen sie alle zur Generalprobe. Ich muss runter."

„Du?", fragte ich. „Du spielst doch nicht mit."

„Doch", antwortete sie und lächelte verschmitzt. „Aber es ist eine Überraschung. Hat Opa sich ausgedacht. Du weißt es nur noch nicht."

„Ach? Als ob es nicht schon genug Überraschungen bei diesem Projekt gäbe!"

„Ich spiele nicht. Ich muss nur am Anfang … na, du wirst es ja sehen, wenn es so weit ist."

Wir wurden mit unserer Arbeit erst fertig, als die Generalprobe längst abgeschlossen war. Als wir, reichlich erschöpft und verdreckt, in den Kirchenraum hinunterkamen, waren nur noch die beiden Bandmitglieder dabei, ihre teuren Mikrofone einzupacken, weil sie die nicht über Nacht in der Kirche lassen wollten.

„Hat alles geklappt?“, fragte ich.

„Gut!“, antwortete Arno. „Im Großen und Ganzen gut. Ein paar kleinere Probleme gab es noch.“

„Aber“, ergänzte Sigi, „das gehört dazu. Bei der Generalprobe darf gar nicht alles klappen, sonst geht die Premiere schief.“

„Das ist Aberglaube!“, knurrte Thomas.

Während Sigi ein Kabel aufrollte und meine beiden Männer das Werkzeug zum Auto brachten, nahm mich Arno etwas zur Seite.

„Ich finde das Spiel cool, Simon!“, sagte er. Er sprach aus einem mir unbekannten Grund meinen Namen englisch aus: *Seimen.* „Cool! Ich meine: sehr gut. Und weißt du warum? Weil alles wieder bei mir aufgetaucht ist, was mir früher meine Oma erzählt hat. Weihnachten ohne Oma war für mich als Kind gar nicht denkbar. Sie hat immer von Jesus gesprochen, der der Sohn Gottes ist, und diese Geschichten erzählt von den Hirten und den Heiligen Drei Königen. Während ich immer lieber von den Weihnachtsgeschenken geredet habe. Trotzdem hat es für mich als Kind dazugehört, das mit Jesus, der uns liebt. Als Oma gestorben war, waren nur noch Geschenke und Baum und das alles übrig. Es war auch schön, aber nicht mehr so, eigentlich immer weniger. Jetzt weiß ich besser, warum. Da war im Krippenspiel vom Sinn von Weihnachten die Rede. Von Gott, der für uns … na, du weißt schon. Der uns liebt. Da ist mir ein Kronleuchter aufgegangen …“

Das Wort Kronleuchter brachte meine Gedanken auf Irrwege. Aber ich merkte schnell, dass es nur so ein scherzhafter Ausdruck war. „Du meinst, es ist dir ein Licht aufgegangen?“

„Genau. Ich habe gemerkt, da hat das Eigentliche gefehlt. Das ist … das ist … wie wenn du in dieses Mikro singst und es ist kein Strom da, verstehst du?“

„Verstehe.“

„Ich freue mich auf morgen Abend. Vielleicht wird das wieder lebendig, was meine Oma … na, du weißt schon. Ich weiß sowieso nicht, wie ich das erklären soll. Ich wollte dir das nur sagen. Vielen Dank, dass ich mitmachen darf!“

Ich wusste nicht, was ich dazu sagen sollte. Aber ich freute mich. Ich legte ihm nur die Hand auf die Schulter, lächelte ihn an und sagte: „Bis morgen, Arno!“

KAPITEL 10

Um zwölf Uhr, oder sogar kurz vorher, war ich in der Kirche und wartete auf den Herrn vom Bauamt. Er kam etwas später. Wir begrüßten uns ausgesucht höflich und stiegen zum Dach hinauf.

Er kroch durch die Klappe und sah sich um. Aus seinem leisen Brummen schloss ich, dass er beeindruckt war. Er schaute hier, ruckelte da und nickte schließlich.

„Gut, Herr Kepler. Das kann ich verantworten. Sie haben sich offensichtlich Mühe gegeben, die kritischen Stellen … also, äh …"

„Zu sichern", half ich ihm.

„Ja, zu sichern. Provisorisch. Na, dann machen Sie mal heute Abend Ihr Krippenspiel! Und dann hoffen wir, dass es bald ein neues Dach gibt. Sagen Sie mal, Herr Kepler, ganz ehrlich …"

Er machte eine Pause und sah mich sanft lächelnd an, wie, um mir Mut zu machen zu voller Ehrlichkeit.

„Stimmt das mit Herrn Wörtz, der das Dach nur finanzieren will, wenn das Krippenspiel stattfindet? Das haben Sie doch sicher nur erfunden, um mich unter Druck zu setzen!"

„Ganz ehrlich, Herr Vornwald: Es stimmt. Vielleicht ist die Verbindung zwischen Krippenspiel und Geldspende nicht ganz so plump. Da spielen noch andere Dinge eine Rolle. Aber grundsätzlich ist es so: Er möchte mit seinem Geld etwas Sinnvolles tun. Und statt es nur an eine wohltätige Organisation zu geben, mit der er sonst nichts zu tun hat …"

Herr Vornwald hob die Hand. Ich stellte meine Rede ein.

„Was ist das?" Er lauschte.

„Was?"

„Die Musik. Haben Sie eine CD laufen?"

„Ach das. Nein, das ist das Quartett, das der Pfarrer mit seiner Familie bildet. Sie üben unten in der Kirche. Sie haben eine wichtige Aufgabe heute Abend beim Krippenspiel."

„Das ist ja … das ist absolut professionell! Ich bin ein Freund alter Musik, müssen Sie wissen. Höre auch oft und gern Chormusik."

„Das Vergnügen können Sie heute Abend auch haben. Ich lade Sie herzlich ein. Das Quartett singt mindestens fünf Lieder, vielleicht auch sechs oder sieben, ich weiß es im Moment nicht genau."

„Pst!", machte er und lauschte. Ganz leise ging er zur Treppe und blieb dort stehen.

Es klang wirklich schön, das kann ich bestätigen. Der Hall in der leeren Kirche gab dem Gesang der vier Stimmen noch eine besondere Fülle. Sie sangen: „Engel bringen frohe Kunde“, mit dem langen „Gloria“ am Ende jedes Verses.

Als sie geendet hatten und sich darüber leise austauschten, sagte Herr Vornwald: „Ach, sagen Sie, Herr Kepler – ob die Herrschaften wohl etwas dagegen haben, wenn ich mich hinten in die letzte Bank setze und ihrem Üben noch ein Weilchen zuhöre?“

„Bestimmt nicht.“

Er eilte mit einer Geschwindigkeit, die ich ihm gar nicht zugetraut hätte, die Wendeltreppe hinunter – wohl, um beim Einsatz des nächsten Liedes nicht mehr zu stören und in Ruhe zuhören zu können.

Ich folgte ihm etwas langsamer.

Nach dem Ende des nächsten Liedes hörte ich, wie der Sohn Eberle sagte: „Wir sollten es noch etwas langsamer nehmen. Und das Ritardando am Ende nicht übertreiben! Und Papa, vielleicht etwas leiser, der Tenor sticht sonst zu sehr heraus.“

Frau Eberle grinste: „Den Tag muss ich mir im Kalender anstreichen, wo jemand meinem Mann sagt, er solle sich zurücknehmen.“

Der Sohn lächelte ebenfalls. „Bei der Musik gelten wohl manchmal andere Gesetze.“

„Können wir?“, drängte die Tochter. „Ich habe Hunger und freue mich aufs Mittagessen.“

Ich trat dazu. „Darf ich nur ganz kurz stören? Herr Pfarrer, ich wollte Ihnen nur die freudige Mitteilung machen: Der Herr vom Bauamt ist mit unseren Maßnahmen zufrieden und hat nichts mehr gegen unsere Veranstaltung heute Abend einzuwenden."

„Dem Herrn sei Lob und Dank!", antwortete der Gemeindehirte. „Kennen Sie meine Tochter und meinen Sohn? Dies ist Herr Kepler, der Zimmermann, von dem ich euch erzählt habe."

Wir begrüßten uns mit Handschlag.

„Übrigens", sagte ich, „Herr Vornwald ist ganz begeistert von Ihrem Gesang. Er sitzt dahinten und hört zu."

Eberle suchte ihn im Dämmerlicht unter der Empore, und als er ihn entdeckt hatte, hob er grüßend die Hand.

„Wir sollten noch mal den Bachsatz ansingen", sagte Frau Eberle. „Bei dem Sprung in Zeile zwei bin ich immer etwas unsicher."

Ich trat zur Seite und lauschte ebenfalls. Wie wohltuend die Musik war! Der Stress und die Anspannung der letzten Tage beruhigten sich bei den schönen Klängen, fielen förmlich in sich zusammen, ähnlich wie sich die Wellen auf dem See Genezareth beruhigt haben mochten, als Jesus ihnen Stille gebot.

Als die Probe beendet war und die jungen Leute und ihre Mutter die Kirche verließen, war Herr Vornwald ebenfalls verschwunden. Pfarrer Eberle kam auf mich zu.

„Herr Kepler, das geht doch nicht! Im Garten!"

Ich wusste im ersten Augenblick nicht, was er meinte, und blickte ihn fragend an.

„Der Kronleuchter! Sie haben ihn einfach hinten auf die Wiese gelegt!"

„Nicht auf die Wiese, sonst wäre das letzte Gras niedergedrückt worden. Auf die Kiesfläche!"

„Um den Untergrund geht es mir nicht, Herr Kepler, sondern um den Ort. Einfach so im Freien …"

„Den stiehlt bestimmt keiner! Der Leuchter ist so schwer, dass schon eine ganze Räuberbande nötig wäre, ihn wegzutragen. Und verrosten wird er auch nicht, wenn es regnet, denn er ist aus Messing. Vielleicht ist es sogar gut, wenn der Regen den gröbsten Dreck abspült. Ehe wir ihn wieder aufhängen, werden wir ihn putzen, damit er wieder schön golden glänzt, so wie im 18. Jahrhundert."

„Auch darum geht es mir nicht. Der Leuchter ist doch in gewisser Weise ein sakraler, kultischer Gegenstand, den man nicht einfach so ins Gelände wirft!"

„Oh – geworfen haben wir ihn nicht. Dafür ist er viel zu schwer. Und er liegt ja auch dicht bei der Kirche. Meine Tochter Klara meinte, es sähe aus, als habe der König der Riesen dort seine Krone abgelegt."

Herr Eberle sagte nichts mehr. Ob er meinen Argumenten folgen konnte oder nur einsah, dass es zu mühsam wäre, den Leuchter an einen anderen Ort zu bringen, konnte ich nicht erkennen.

Schließlich sagte der Pfarrer nur: „Sehen wir uns dann um fünf?" Für diese Uhrzeit war im Gemeindehaus ein Gebetstreffen für den Abend geplant, zu dem alle Mitwirkenden eingeladen waren.

„Wir sind da, mein Vater und Tina und ich", antwortete ich. Dann machte ich mich auf den Heimweg.

Von unserem Mittagessen gibt es nichts Außergewöhnliches zu berichten, höchstens, dass meine zwei Kinder ganz besonders angespannt und aufgeregt waren. Nicht nur, weil das bei Kindern am Mittag des 24. Dezember ein ganz normales Phänomen ist. Sie gingen gleich nach dem Essen in Klaras Zimmer und probten noch einmal ihren Text, den sie später zu sprechen hatten. Da ihr Einsatz eine Überraschung für mich sein sollte, bemühte ich mich nach Kräften, ihre Vorbereitungen nicht weiter zu beachten.

Von dem Gebetstreffen im Gemeindehaus ist auch nichts Besonderes zu berichten. Nur dass sogar Heinrich Wörtz dabei war, mit dessen Anwesenheit ich nicht gerechnet hatte.

Als der Beginn der Aufführung näherrückte, so etwa zwanzig Minuten vor sechs, hielt ich mich in der Nähe der Kirchentür auf. Als eine Art „Intendant“ dieses Theaters wollte ich gerne den einen oder anderen begrüßen.

Völlig überrascht stellte ich fest, dass schon früh viele Leute herbeiströmten. Offenbar hatten die verschiedenen Zeitungsartikel gewirkt.

Ich begrüßte Otto, den Elektriker, der mit einer Frau am Arm vor mir stehen blieb, auf seine Begleitung zeigte und murmelte: „Meine Frau.“ Dass dieser wortkarge Mann diese zwei völlig unnötigen Worte herausbrachte, da ich ja schon geahnt hatte, dass es sich hier um seine Gattin handelte, erstaunte mich.

Ihm folgten noch andere Mitarbeiter von „Wälzlager Wörtz“, auch Heinrichs Sohn Leonard, den ich von früheren Begegnungen kannte. Dachdecker Kuhn kam mit seiner großen Familie, einschließlich Tochter Lena, die ein schickes, aber relativ einfaches Kleid trug. Und als eine Schar von Teenagern die Kirche betrat, sagte Sigi stolz, während er an den Knöpfen seines Mischpults spielte: „Alles unsere Fans! Wir haben sie eingeladen.“ Auch Herr Vornwald vom Bauamt kam und nickte mir freundlich zu. Er hatte ebenfalls seine Familie mitgebracht, darunter eine sehr alte, gebrechlich wirkende Dame mit Rollator.

Mein Vater rollte zu mir und berichtete leise: „Felix hat vorhin angerufen, dass sein Vater nicht kommen kann. Er war im Wald, um einen Weihnachtsbaum zu schlagen. Mit Genehmigung, hat er betont. Doch dabei hat er sich den Fuß verknackst. In meiner Not habe ich unseren syrischen Mieter Ali gebeten, den zweiten Hirten zu spielen. Er braucht nicht viel zu sagen. Nur: ‚Seht doch, ein Engel, ein Bote vom Himmel!' Das kriegt er hin. Das Gedicht, das der zweite Hirte sagen sollte, übernimmt Karl. Ali hat bei der Probe zugesehen und weiß ungefähr, was er machen muss." Ich beschloss tapfer, mir keine Sorgen zu machen.

Die Kirche wurde so voll, wie sie es schon lange nicht mehr gewesen war.

Ich wusste, dass es 1100 Sitzplätze gab. Die waren freilich nicht alle besetzt. Auf der oberen Empore saßen nur die Fans der Band von Arno und Sigi und unten waren auch noch Plätze frei. Ich schätze, dass es so etwa 700 Besucher waren, vielleicht auch 750. Eine späte Rechtfertigung für den viel zu großen Bau nach 250 Jahren.

Ich schloss Punkt 18 Uhr die Eingangstür und die Orgel setzte ein. Ich hatte mir ein kurzes Stück gewünscht, weil die Erfahrung lehrt, dass ein zu langes Orgelspiel für manche Kirchenbesucher eine Einladung darstellt, ein Gespräch zu beginnen. Der Organist hatte meinen Wunsch respektiert und spielte ein kurzes Intro weihnachtlicher Klänge.

Stille.

Meine Kinder traten auf. Jedes hatte ein Mikrofon in der Hand.

Stille.

Nichts geschah. Das verwunderte die Besucher und machte mich ausgesprochen nervös.

Klara beugte sich zu Philipp hinunter und flüsterte ihm etwas ins Ohr. Trotz ihres Mikrofons konnte man ihre Worte nicht verstehen, denn sie hielt das Mikro wie ein Profi zur Seite. Aber sehr gut hörbar war, was Philipp darauf antwortete: „Ich weiß ja, wie es geht. Aber vor so vielen Leuten sage ich nichts."

War das die Überraschung, die man mir versprochen hatte?

Die Gemeinde lachte dezent.

Ich sah, wie Tina, die in der ersten Reihe saß, nach vorn ging und ihrem eingeschüchterten Sohn auch etwas ins Ohr flüsterte. Später erfuhr ich, dass sie gesagt hat, wenn er jetzt nicht mitmache, könne er sich das Kinderfahrrad als Weihnachtsgeschenk abschminken – oder so ähnlich. Im Übrigen würden die vielen Leute ihm gar nichts tun. Im Gegenteil, die freuten sich auf seine Worte.

Das schien ihm einzuleuchten. Er nickte ruckartig. Tina setzte sich. Unser Sohn holte tief Luft und begann:

„Wir freu'n uns, ihr seid alle da!"

Klara machte weiter:

„Wir zeigen heut, was einst geschah,
als damals, vor zweitausend Jahren,
die Menschen sehr in Nöten waren,
als Himmelslicht auf Erden fiel."

Philip:

„Wir zeigen es im Krippenspiel."

Klara:

„Was meistens Kinder sonst gestalten.
Wir wollen es heut anders halten.
Wir steigen mit erwachsenen Leuten
auf Bretter, die die Welt bedeuten."

Philipp:

„Stattdessen darf nun ich als Kind
Sie grüßen, die gekommen sind."

Klara:

„Sein Sie für Gottes Botschaft offen,
damit Sie – denn das woll'n wir hoffen –
all dieses, was wir heute spielen,
im Kopf verstehn, im Herzen fühlen.
Ist Bethlehem ein ferner Ort –
wir hoffen trotzdem, dass das Wort
von dem, der kam in diese Welt,
auch heut in unsre Herzen fällt."

Pause.

Dann sagte Klara frei und mit lauter Stimme: „Wir singen nun das Lied: ‚Herbei, o ihr Gläubigen!'"

Dic Orgcl intonierte ein Vorspiel und meine beiden Sprösslinge traten ab.

Ich atmete auf. Im Großen und Ganzen war es gut gegangen, von dem stockenden Beginn einmal abgesehen.

Das Lied endete, bis auf ein paar echte Kerzen und die elektrischen am Weihnachtsbaum vorne rechts wurde es dunkel in der Kirche.

Nun ertönte im Dunkeln Papas Prolog. Es klang fast wie eine Stimme vom Himmel, weil niemand den Sprecher sehen konnte. Die Aufmerksamkeit war groß, man hätte eine Stecknadel fallen hören können. Aber es gab keine Stecknadel, auch kein Handyklingeln, nur ein kurzes Husten, bis die letzten Zeilen erklangen: „Gott kommt uns armen Menschen nah. Seht nun und hört, wie das geschah!"

Dann kamen Maria und Josef, also Tina und Heinrich, durch den Mittelgang nach vorn. Man hatte Maria doch ein Mirofon gegeben. Vater hatte sich noch eine Unterhaltung für die beiden ausgedacht. Hoffentlich wussten Arno und Sigi, welches Mikro sie freigeben mussten! Bleib ruhig, redete ich mir selbst ein, bloß nicht nervös werden!

Die beiden aus Nazareth betraten die Bühne, wo eine schlichte Bretterwand mit Fenster und Tür ein Haus andeuten sollte, das später mit wenigen Handgriffen in einen Stall verwandelt werden konnte. Karl hatte das mit viel Liebe zum Detail gebastelt.

Josef bat die Wirtsfrau, die aus der Tür trat, um ein Quartier. Natürlich mit Hinweis auf seine hochschwangere Frau. Jetzt erst konnte ich erkennen, dass Tina, die ich bis dahin nur von hinten gesehen hatte, ein Kissen unter ihren Mantel gesteckt hatte.

Die Wirtin, die man als Ersatz für Lena, das Möchtegernmodel, eingesetzt hatte, erwies sich als ausgesprochener Glücksgriff. Später erfuhr ich, dass mein Vater ihr gesagt hatte, da ihr nicht mehr viel Zeit zum Lernen zur Verfügung stand, brauche sie sich nicht wörtlich an den vorgegebenen Text zu halten. Hauptsache, sie versichere glaubhaft, dass sie den beiden kein anständiges Quartier geben könne.

Von dieser Freiheit machte sie auch ausgiebig Gebrauch. Schnell und ohne Punkt und Komma redete sie wie ein Wasserfall auf die beiden ein:

„Ein Quartier was stellt ihr euch denn vor was hier los ist Menschen über Menschen bedankt euch beim Kaiser in Rom der hätte ja das auch ganz anders machen können wenn er unbedingt wissen will wie viele Steuerzahler er hat er hätte sie ja nicht unbedingt alle in ihre Heimatstädte schicken müssen ich meine anderswo ist das vielleicht egal aber hier in Bethlehem wo der König David herkommt da häuft es sich ob das nun stimmt oder nicht dass die alle von David abstammen jedenfalls wollen sie alle ein Bett und so viele Betten gibt es einfach nicht wenn ihr jemand findet der euch in eurer in welchem Monat bist du denn gute Frau also wenn euch jemand sein Nachtlager überlässt soll's mir recht sein aber ich glaube kaum dass einer ihr wisst ja wie die Leute sind ich könnte euch höchstens als Notbehelf den Stall anbieten damit ihr nicht im Freien wenn ihr damit Vorlieb nehmen wollt da links geht es um die Ecke aber kommt dem Esel nicht zu nah er ist manchmal bockig und schlägt aus Isaak heißt er."

Diese Rede war so überzeugend, dass ein vergnügtes Murmeln durch die Reihen ging.

Maria und Josef gingen um die besagte Ecke und die Bühne wurde dunkel. Plötzlich ging links oben vorn das Licht an und der Herrnhuter Stern begann zu leuchten. Die drei Weisen standen im Scheinwerferlicht und schauten in den Himmel. Den Text ihrer Unterhaltung kannte ich schon, in der sie sich über die Bedeutung der Himmelserscheinung Gedanken machten.

Bei den Versen, die sie einzeln vortrugen, wurde es sehr feierlich. Ich hatte den Eindruck, dass meine Befürchtung unbegründet war, die humoristischen Elemente könnten der Ernsthaftigkeit der Sache Abbruch tun.

Licht aus. Nur ein schwaches Lämpchen beleuchtete die Noten, als das Quartett nun sang: „Drei Könige aus Morgenland" von Peter Cornelius.

Dann Szene drei: Dämmerlicht auf der Bühne, sodass man gerade so erkennen konnte, dass da drei Hirten um ein Feuerchen saßen, das allerdings elektrisch betrieben wurde.

Papa hatte ihnen einen Text geschrieben, der die Not aller Menschen andeutete, zwar im Denken jener Zeit, aber so, dass man sich auch mit den heutigen Problemen darin wiederfinden konnte.

Auf einmal leuchtete die Kanzel und darauf stand unser Student André im weißen Gewand.

„Was ist das?“, rief Karl.

Und nun kam Ali, der Ersatzhirte: „Ein Engel! Ein Boot vom Himmel!“

Mir schoss das Blut in den Kopf. Das hätte durch Üben verhindert werden können! Nicht ein Boot, sondern ein Bote! Engel kommen doch nicht mit dem Luftschiff!

Inzwischen hatte Felix gerufen: „Was soll das bedeuten?“

Leider war die Beleuchtung des Engels unbefriedigend, denn sie kam von unten und ließ sein Gesicht etwas gespenstisch wirken. Aber seine Sprache war kraftvoll und freudig:

„Fürchtet euch nicht! Ich verkündige euch große Freude!“ Wir hätten sicher keinen besseren Engel finden können. So ähnlich habe ich mir immer das Auftreten von Gottesboten vorgestellt, wenn ich in der Bibel davon las. Nur die Beleuchtung war damals sicher anders.

Und dann sang wieder der Eberle-Chor, diesmal im Kanon: „Ehre sei Gott in der Höhe …“ Die Tochter begann, dann setzte die Mutter ein, dann der Tenor des Pfarrers und schließlich der Bass seines Sohnes. Ich muss sagen, mir steckte ein Kloß im Hals, so ergriffen war ich.

Die Hirten machten sich nach Bethlehem auf und verschwanden im Dunkeln. Dafür wurde unsere Aufmerksamkeit auf die untere Empore gelenkt, wo das Licht nun König Herodes beleuchtete, der behäbig und selbstgefällig auf seinem Thron saß. Freilich sah man von dem Sitzmöbel wegen der Brüstung der Empore nichts.

Auf einmal waren merkwürdige Satzfetzen zu hören. „Gib schon her!", „Warte doch, nicht so wüst!", „Vorsicht, dass es nicht verrutscht!" Arno hatte anscheinend noch ein Mikro offen, das gerade hinter der Bühne gewechselt wurde. Jetzt hatte er es gemerkt und Stille kehrte ein.

Peinlich! Einige Kirchenbesucher lächelten. Aber, wie ich zu erkennen meinte, nicht boshaft.

Die drei Weisen aus dem Morgenland waren so weise, mit ihrem Auftritt noch ein paar Sekunden zu warten, bis die Verwunderung über das Mysterium der Stimmen im Publikum abgeebbt war. Nun traten sie auf und ließen sich von dem hinterlistigen und machtgierigen König sagen, wohin sie reisen sollten.

Als es wieder dunkel wurde, erklang vom Gesangsquartett das Lied, das Herrn Vornwald so begeistert hatte. „Gloria in excelsis deo".

Während der letzten Szenen war auf der Bühne der Stall entstanden. Maria und Josef saßen neben der Krippe.

„Verzeiht", sagte Karl, „verzeiht, wenn wir stören. Wir wissen nicht, ob wir hier richtig sind. Wir suchen ein neugeborenes Kind, in Windeln gewickelt und in einer Krippe liegend. Ein Engel hat davon gesprochen."

Felix ergänzte: „Ein richtiger Engel, von Gott gesandt."

„Ein Himmelsboot!", erklärte Ali.

„Er hat gesagt, der Messias sei gekommen, der König unseres Volkes und Erlöser der ganzen Menschheit." Felix deutete auf die Krippe. „Ist es dieses Kind?"

„Ja", sagte Maria. Laut und deutlich und überzeugend. Es hatte offenbar geklappt, dass sie das Mikrofon des Herodes rechtzeitig bekommen hatte. „Kommt herein! Ja, auch mir hat ein Engel gesagt, dass dieses Kind der von Gott gesandte Retter ist."

„Aber …", fragte Karl, „wie kann es sein, dass der von Gott Gesandte in so armseligen Verhältnissen geboren wird?"

Maria lächelte so freundlich und herzerwärmend, wie vielleicht nur Tina lächeln kann, und antwortete: „Ist es nicht gut, dass es so ist? Würdet ihr das Kind anbeten können, wenn es am

Königshof geboren wäre? Dass Gott ausgerechnet euch dieses Wunder als Allererste verkünden lässt, das zeigt: Er ist für alle auf die Erde gekommen. Für die Reichen und die Armen, für die Mächtigen wie die Hilflosen. Auch für euch!"

Karl trat vor und kniete vor der Krippe. Dort zitierte er den Vers, den ich schon kannte. Er stand auf, als ihm einfiel, dass er ja noch den zweiten sprechen sollte, für Ali, dessen Deutschkenntnisse dafür noch nicht ausreichten:

„Ein Stall ersetzt die Himmelspracht,
Strohhalme sind sein' Daunen.
Statt ew'ges Licht die kalte Nacht,
Hilflosigkeit statt Gottesmacht.
Wir beten an und staunen."

Und dann kniete Felix vor der Krippe und sprach:

„Was hat er wohl damit bezweckt?
Gott ist im Stall zu finden!
Wer dieses Wunder glaubt, entdeckt,
dass Gott die Hand entgegenstreckt,
uns mit sich zu verbinden."

Langsam verlosch das Licht und das Quartett sang: „Gelobet seist du, Jesu Christ, dass du Mensch geboren bist."

Nach dem letzten Vers ging das Licht in der ganzen Kirche an. Die Hirten kamen von der Bühne herunter und gingen durch den ganzen Mittelgang nach hinten. Sie sprachen die Leute an, Karl rechts und Felix links, Ali lief hinter ihnen her und sagte nichts, sondern machte nur ein freundliches Gesicht.

„Wir haben den Retter gesehen!", sagten sie. „Gott hat seinen Sohn gesandt." – „Der Erlöser ist gekommen, auf den wir schon so lange warten!" – „Ein Kind in einem Stall und doch der König der Welt!" – „Freut euch mit uns!"

Dann hörte ich, wie Felix zu Herrn Lehrer Schröder, den ich von Elternabenden her kannte und der wohl auch Felix' Lehrer gewesen war, sagte: „Freuen Sie sich auch mit uns, Herr Schröder!"

Währenddessen erklang die sonore Stimme meines Vaters aus den Lautsprechern: „Und die Hirten kehrten wieder um, priesen und lobten Gott für alles, was sie gesehen und gehört hatten. Alle aber, vor die es kam, wunderten sich der Rede, die ihnen die Hirten gesagt hatten."

Als die Hirten nach hinten verschwunden waren, wurde die Kirche wieder dunkel, nur die Bühne war beleuchtet. Dort traten nun die Weisen auf.

Sie sagten nichts, sie gaben nur ihre Geschenke ab – Gold, Weihrauch und Myrrhe in kleinen Säckchen und Schächtelchen.

Dann trat Thomas als Caspar vor die Krippe. Dabei sang das Quartett leise und langsam nach dem Satz von Johann Sebastian Bach das Paul-Gerhardt-Lied:

„Ich steh an deiner Krippen hier,
o Jesu, du mein Leben;
ich komme, bring und schenke dir,
was du mir hast gegeben.
Nimm hin, es ist mein Geist und Sinn,
Herz, Seel und Mut, nimm alles hin
und lass dir's wohlgefallen!"

Ali ging nach vorn, während Thomas zurücktrat. Die Gruppe sang:

„Ich sehe dich mit Freuden an
und kann mich nicht satt sehen;
und weil ich nun nichts weiter kann,
bleib ich anbetend stehen.
O dass mein Sinn ein Abgrund wär
und meine Seel ein weites Meer,
dass ich dich möchte fassen!"

Ali machte für Gesa Müller Platz, der man in ihrer Verkleidung nicht ansehen konnte, dass sie eine Frau war.

„Eins aber, hoff ich, wirst du mir,
mein Heiland, nicht versagen:
Dass ich dich möge für und für
in, bei und an mir tragen.
So lass mich doch dein Kripplein sein;
komm, komm und lege bei mir ein
dich und all deine Freuden!"

Als er – beziehungsweise sie – nach hinten trat, geschah etwas Seltsames.

Ein Wunder. Genau genommen war es ja nicht das einzige Wunder, das wir bei der Vorbereitung des Krippenspiels erlebt hatten. Wenn ich bedenke, wie viele Schwierigkeiten sich uns in den Weg gestellt hatten – Gott hatte geholfen, dass alles gelang und wir mit vielen Besuchern zusammen nun diesen bewegenden Abend erleben konnten.

Aber wir scheuen uns ja, Dinge, die wir auch anders erklären können, als Wunder zu bezeichnen, auch wenn sie aus der Sicht des Glaubenden ein Ergebnis von Gottes Eingreifen sind.

Doch was nun geschah, kann ich nicht anders als ein Wunder nennen.

Arno, unser Tontechniker, stand auf und ging

durch den Mittelgang nach vorn. Die Besucher werden sich gefragt haben, was das sollte. Er passte in Jeans und Pullover und mit dem Pferdeschwanz auch nicht wirklich zu den Gestalten aus dem alten Israel.

In der Stille des Staunens und der Verwirrung stieg Arno auf die Bühne, stellte sich zuerst neben die drei Weisen und trat dann einen Schritt vor, als wollte er auch das Kind in der Krippe anbeten. Ich hörte in der atemlosen Stille im Publikum, dass er leise schluchzte. Und ich sah, wie er sich mit dem Handrücken eine Träne abwischte. Es schien, als sei ihm völlig egal, dass ihm 700 Leute zusahen. Wahrscheinlich dachte er daran überhaupt nicht.

Und nun geschah noch etwas Ungewöhnliches. Das hätte ich Pfarrer Eberle nie zugetraut, nie! Er stand auf, ging auch auf die Bühne, stellte sich neben Arno und legte ihm den Arm um die Schulter. Leise sprach er mit ihm. Hören und verstehen konnte man nichts, da sie kein Mikrofon hatten. Dann führte er ihn sanft hinunter und ging mit ihm in die Sakristei.

Frau Eberle handelte ebenfalls geistesgegenwärtig. Sie schlug schnell ein bestimmtes Lied in ihrem Notenbuch auf und zeigte darauf. Das Quartett war ja nun unvollständig. Aber ihre Tochter sang allein, von den anderen beiden nur leise summend begleitet.

„Mit den Weisen will ich geben,
was ich Höchstes hab im Leben.
Geb zu seligem Gewinn
ihm das Leben selber hin.

Mit dir selber, mein Befreier,
will ich halten Weihnachtsfeier.
Komm, ach komm ins Herz hinein,
lass es deine Krippe sein.“

Die Hirten waren so lange stehen geblieben, weil sie nicht recht wussten, was sie jetzt tun sollten, da sich etwas am geplanten Ablauf geändert hatte.

Dann sagte Frau Eberle laut: „Wir singen nun alle gemeinsam: ‚O du fröhliche …‘“

Die Orgel intonierte, die Weisen verließen den Stall von Bethlehem und die Bühnenbeleuchtung verlosch, während im Kirchenschiff das Licht anging. Als die Besucher alle in ihre Gesangbücher schauten, traten auch Maria und Josef ab.

Und dann erklang es voll und jubelnd: „Christ ist erschienen, uns zu versühnen …“

Nach dem Lied erwarteten wohl die meisten ein Schluss- oder Segenswort vom Pfarrer. Da der aber nicht da war, trat seine Frau ans Mikrofon und sagte:

„Unser Krippenspiel ist zu Ende. Aber die Wahrheit, die wir Ihnen damit nahebringen wollten, besteht weiter. Gott kam zu uns. Damals als Kind im Stall, aber auch heute noch redet er zu uns und kommt uns nah. Wir wünschen Ihnen allen eine gesegnete Weihnacht."

Keiner traute sich aufzustehen. Erst allmählich kam Bewegung in die Reihen. Als Erstes kamen die jungen Leute von der Empore, aber leise, ohne auf den Holzstufen der Treppe zu poltern. Dann erhoben sich auch die Besucher im Kirchenschiff.

Während die Leute hinausgingen, spielte leise die Orgel: „Lobt Gott, ihr Christen, alle gleich". Die drei vom Quartett Übriggebliebenen stimmten ein, und mancher Besucher, der die Melodie kannte, summte beim Hinausgehen mit.

Da ich hinten stand, nickten mir viele Besucher zu. Otto reichte mir die Hand, natürlich ohne Worte. Herr Vornwald sagte: „Es wäre ein Verlust gewesen, wenn ich nicht gekommen wäre." Ich erwiderte: „Oder wenn es gar nicht stattgefunden hätte."

Als die meisten gegangen waren, kam Heinrich Wörtz auf mich zu und fragte: „Würde es dir etwas ausmachen, Simon, wenn ich dich mal umarmen würde?" Wortlos breitete ich die Arme aus und er drückte mich an seine Brust. „Der Abend war ein Geschenk", sagte er, „weil er uns das große Geschenk Gottes nahegebracht hat."

Dann ging er nach vorn, wo sich die Mitspieler, alle noch in ihren Kostümen, versammelten.

Sigi sagte: „Tut mir leid, dass bei den Weisen das mit dem Mikro nicht so ganz …“

„Macht nichts!“, unterbrach ich ihn. „Es gab auch sonst noch manche Fehler, aber …“

Jetzt wurde ich unterbrochen, nämlich von meinem Vater, der leise aus der Sakristei herausgerollt war, als Pfarrer Eberle mit Arno hineingekommen war. „Aber das ist nur ein Abbild dessen, was Weihnachten bedeutet. Bei uns Menschen ist nichts ideal und gut – oder kaum etwas. Aber in unsere Unzulänglichkeiten hinein kommt Jesus.“

Einige nickten.

„Jetzt danke ich euch …“

„Danken wir euch“, unterbrach ich ihn, „dass ihr so gut und eifrig mitgemacht habt.“ Alles Weitere ging im allgemeinen Gerede unter.

Frau Eberle trat zu mir. „Sie haben Großartiges geleistet, Herr Kepler!“

Ich antwortete: „Ganz ehrlich, Frau Eberle, anfangs wollte ich das Krippenspiel ja nur machen, damit wir das Dach … Aber dann habe ich immer mehr Freude daran gehabt.“

„Die Freude, an Gottes Reich mitzubauen, kommt manchmal erst beim Tun.“

Ich musste erst einen Moment über den Sinn dieses Satzes nachdenken. Sie fuhr fort: „Trotzdem wünsche ich Ihnen und uns, dass das mit dem Dach bald klappt."

„Wichtiger als das Kirchendach ist das, was darunter geschieht."

Dann drängten meine Kinder heran. Ich nahm Philipp auf den Arm und lobte beide aus vollem Herzen.

Später, als wir neben dem Weihnachtsbaum zusammensaßen und Philipp überredet hatten, mit dem Ausprobieren seines neuen Kinderfahrrades bis morgen zu warten, wenn es hell war, sprachen wir noch einmal über alles. Irgendwann kamen wir auf den Kronleuchter zu sprechen, der uns so viel Mühe gemacht hatte.

„Wo ist er denn jetzt?", fragte Tina.

„Hinter der Kirche. Eberle war nicht wirklich glücklich darüber, aber er hatte auch keinen besseren Vorschlag. Klara hat gemeint … Aber das kannst du selbst sagen, Klara!"

„Es sieht aus, als hätte der König der Riesen da seine Krone abgelegt."

Philipp überlegte: „Oder als wenn es die goldene Krone von Gott wäre."

Ich erklärte ihm: „Gott hat keine Krone, denn man kann ihn nicht sehen oder anfassen, aber eine Krone ist etwas aus dieser Welt, was man sehen kann."

„Gott braucht auch keine Krone", fuhr sein

Opa fort, „und ist trotzdem ein König. Aber wenn er eine hätte, dann wäre ihm die viel zu klein."

„Aber für das Jesuskind ist sie viel, viel, viel zu groß", meinte Philipp.

Papa nickte. „Daran sieht man, wie groß sein Abstieg vom Himmel zu uns auf die Erde war."

Und damit endet die Geschichte von unserem Krippenspiel.

Natürlich könnte ich noch mehr erzählen. Zum Beispiel, wie wir den Kronleuchter wieder aufgehängt haben, wie Heinrich und Arno sich zur Gemeinde hielten, wie wir schließlich das Dach bauten. Aber das alles sind neue Geschichten. Hier ging es nur um die vom Krippenspiel. Schließlich muss jede Geschichte irgendwann enden.

Weihnachten allerdings war für mich eine Geschichte in einer Geschichte in einer Geschichte. Die erste, die äußere, habe ich erzählt – die vom Krippenspiel. In dieser Geschichte steckt die Geschichte von Weihnachten: Maria und Josef, Stall, Krippe, Hirten … Aber darin verbirgt sich noch eine viel tiefere Geschichte: die vom Kommen Gottes in diese Welt. Und die hat kein Ende.

Weihnachten ohne diese eigentliche Botschaft wäre wie ein prächtiger Kronleuchter ohne Kerzen. Er hängt da, ist aber nutzlos, weil von ihm kein Licht ausgeht. Von Weihnachten geht ein Licht aus. Nicht nur, weil damals Jesus geboren wurde. Er kommt ja heute noch zu jedem, der ihn aufnehmen will, nach 2000 Jahren und noch weiter. Eine unendliche Geschichte.

Weitere Weihnachtstitel von Francke

Lotte Bormuth
Mein Weihnachtslicht
ISBN 978-3-96362-013-3
96 Seiten, kartoniert

Warm wie Lichter am Weihnachtsbaum strahlen diese Geschichten in die Herzen ihrer Leser. Die bekannte Autorin hat sie gesammelt, weil ihr die Botschaft des Weihnachtsfestes so wichtig geworden ist: Jesus, der Heiland, ist geboren und er will auch unser Leben mit seiner Liebe hell machen.

Elisabeth Eberle
Gnadenbringende Weihnachtszeit
ISBN 978-3-96362-015-7
132 Seiten, gebunden
auch als e-Book erhältlich

Georg Weissel, Johannes Daniel Falk und Johann Hinrich Wichern – drei hochbegabte Männer, die unsere Advents- und Weihnachtszeit bis heute prägen. Georg Weissel schrieb das Lied »Macht hoch die Tür«, Johannes Falk »O du fröhliche« und Johann Wichern erfand den Adventskranz. Alle drei Männer hatten ein Herz für Menschen in Not, alle drei schöpften aus ihrem Glauben die Kraft, sich für Veränderung einzusetzen. Teilweise wurden sie sogar zur Inspiration füreinander: Johannes Falk dichtete sein allseits bekanntes Weihnachtslied, um die unzähligen Waisenkinder zu erfreuen, die er bei sich aufgenommen hatte. Und es war unter anderem sein Vorbild, das Johann Wichern dazu inspirierte, sich Kindern aus schwierigen Verhältnissen anzunehmen, für die er dann den Adventskranz erfand.

Elisabeth Eberle erweckt in ihrem literarisch ausgereiften Stil die Geschichten dieser Männer zum Leben und zeigt das Wirken Gottes über die Jahrhunderte hinweg auf.

Weitere Bücher von Eckart zur Nieden

Eine Frage Zachäus ...
30 Bibelpromis im Interview
ISBN 978-3-86827-641-1
175 Seiten, gebunden
auch als e-Book erhältlich

Wollten Sie schon immer mal ein paar Worte mit Joseph, dem Zimmermann aus Nazareth, wechseln? Oder mit Lazarus sprechen, den Jesus auferweckte? Haben Sie sich gefragt, was wohl in der Tochter des Jairus vor sich ging oder was die Samariterin bewegte? Was dachte der Bräutigam von Kana, als Jesus seine Hochzeit rettete? Und wie mag es wohl dem Soldaten vor dem leeren Grab ergangen sein? Eckart zur Nieden stellt uns dreißig Persönlichkeiten aus den Evangelien vor, indem er mit ihnen ins Gespräch kommt. Jedes Interview wird abgerundet durch einen geistlichen Impuls und ein Gedicht aus der Feder des bekannten Buch- und Hörspielautors.

Auf ein Wort, Petrus ...
30 Bibelpromis im Interview
ISBN 978-3-86827-682-4
175 Seiten, gebunden
auch als e-Book erhältlich

Was hat die junge Maria gedacht, als ihr Gottes Sohn anvertraut wurde? Wie ist der Herrenbruder Jakobus mit seinem berühmten Bruder klargekommen? Warum ist Petrus oft so impulsiv gewesen? Was hat Maria von Bethanien bewogen, ein Jahresgehalt zu verschenken? Und wie ist es dem römischen Hauptmann unter dem Kreuz ergangen?
Eckart zur Nieden stellt uns dreißig Persönlichkeiten aus dem Neuen Testament vor, indem er mit ihnen ins Gespräch kommt. Jedes Interview wird abgerundet durch einen geistlichen Impuls und ein Gedicht aus der Feder des bekannten Buch- und Hörspielautors.